Ende der Weinlese

1.Auflage 2019

2.Auflage 2022

Vom Autor erschienen

Späte Zeit des Glücks – Kitzingen Krimi 1

Saisonarbeit – Kitzingen Krimi 2

Totholz –Kitzingen Krimi 3

Deadly Running – Kitzingen Krimi 4

Im Wendekreis des Virus – Kitzingen Krimi 5

Das Virus schlägt zurück – Kitzingen Krimi 6

Der Cranach Komplott – Kitzingen Krimi 7

Never give up – Ratgeber gesundes Leben

Ein Leben lang – Roman

Back- und Lachgeschichten – Humor (vergriffen)

Ende der Weinlese – Fantasy

Keep going – Ratgeber (in Arbeit)

Zur Person: Hans Will war bis 2007 selbstständiger Bäckermeister und Konditor. Durch eine schwere Krankheit musste er den Beruf wechseln und wurde innerhalb kurzer Zeit ein erfolgreicher Fotograf mit etlichen Auszeichnungen und gelungenen Ausstellungen.

„Ende der Weinlese" ist das vierte Buch und gleichzeitig der erste Fantasy Roman des ambitionierten Autors.

Ende der Weinlese

Prolog

Umweltprobleme machten nicht an Landesgrenzen halt. Die Menschheit verdreckte ihren Planeten. Bei 11 Milliarden Menschen hatte sich die Weltbevölkerung eingependelt. Es kam viel zusammen. Durch den Klimawandel spielte sich das Leben Mitte der 30iger Jahre meist nur noch nachts ab. Gletscher und Pole waren abgeschmolzen. Im Pazifik gab es keine Inseln mehr. Aus Australien flohen die Menschen. Die Küstenlinie der Nordsee führte von Berlin, Magdeburg, Holland und Belgien waren bis zu den Ardennen überflutet. Die sozialen Gegensätze liefen aus dem Ruder. Die Olympischen Winterspiele 2034 wurden wegen Schneemangel abgesagt und auch die Olympischen Sommerspiele 2036, die in Tasmanien stattfinden sollten, wurden wegen der großen Hitze abgesagt. Dann bekam die Sonne einen neuen Namen „Hard Sun", fast alles Leben auf der Erde erlöschte. Kriege, ausgelöst durch wahnsinnig gewordene Machthaber und langanhaltende Corona Pandemien gaben der Erde und den Menschen darauf den Rest.

Die gestiegenen Temperaturen erwischte schlafende Menschen, die dann an der Hyperthermie starben. Raschenka und ihr Sohn Torin überlebten in einem, tief in die Erde gebauten, alten Nazibunker, den sie die Jahre davor zu einem Prepper Refugium ausgebaut hatten. Cyborgs und marodierende Überlebende machten ihnen das Weiterleben nicht leichter. Doch der feste Wille zum Überleben schweißte die sich gebildete kleine Gemeinschaft zusammen. Es wurden Kinder geboren und Äcker neu bepflanzt. Man ging aber trotzdem einer ungewissen Zukunft entgegen. Aber wenigstens hatten sie eine Zukunft. Nach und nach bauten sie ihr neues Zuhause aus, in dem dann, nach und nach über zwanzig Überlebende versuchten, das klägliche Leben zu meistern. Mit dem Anbau von Amaranth, Akazien, Cannabis, Wintergemüse, Obst und Süßkartoffeln versuchen sie sich zu ernähren und Handel damit zu betreiben. Die Pilzzucht im tiefen Keller bewahrte sie vor Mangelerscheinungen. Ein mühsames Leben mit vielen Entbehrungen. Es entstand eine Lebenswelt unterschiedlicher Ethnien, die alle versuchten mit ihren wenigen neuen Regeln zu überleben. Die wichtigste Regel war: Traue niemanden und kämpfe für dich und deine Kinder.

Torin spürte die heißen Sonnenstrahlen auf seiner

Haut. Er hat Durst, seine Kehle ist vertrocknet. Das letzte Getränk, das durch seinen Hals geflossen war, war sein spärlicher Urin.

Die Katastrophe kündigte sich schleichend an, dann immer schneller und intensiver. Viele Teile des Planeten waren unbewohnbar geworden. Schon lange gibt es keinen Strom und kein Wasser mehr. Auch der Main ist ausgetrocknet und die Weinstöcke an seinen Hängen längst verdorrt.

Er lebt noch und zieht im Moment als Loner durch die verwüstete Landschaft. Nirgends mehr Leben, die Städte verlassen, zum Teil schon verfallen und mit einer dicken Sandschicht überzogen. Die Supermärkte und Discounter waren schon vor Jahren ausgeräumt und von marodierenden Horden geplündert worden, als diese noch durch das Land zogen.

Torin überlebte in Brazzos Prepperbunker, den dieser 2030 weitergebaut hatte. Es war ein alter Luftschutzbunker der Nazis mit mehreren Stockwerken und imposanter Größe. Der Vater von Brazzo, Carl Hochstett hatte ihn einst von der Bima gekauft. Brazzo zog es dann nach Kanada und gab Torins Mutter Raschenka den Schlüssel. Sie baute den Bunker in jahrelanger Arbeit, zusammen mit Manne, einem Bekannten, zu einer Überlebensinsel aus. Sie investierte ihr gesamtes Geld in das Projekt und auch Manne sparte nicht, um ihren Bunker überlebensfähig auszubauen.

Durch die globale Erwärmung waren die Pole abgeschmolzen, Hamburg und Berlin sowie New York und auch London sind von der Landkarte verschwunden. Irgendwo im früheren Ruhrgebiet ist die Küstenlinie der Nordsee. Die Niederlande, Dänemark, Bangladesch, Malediven, das gesamte Amazonasbecken und viele Inseln im Pazifik wurden überschwemmt. Milliarden von Menschen sind tot. Alleine der Abbruch des Thwaites-Gletschers in der Westantarktis ließ den Meeresspiegel um drei Meter ansteigen. Gier und Wahnsinn führte zu dieser anthropogenen Katastrophe.

Torin schleppt sich in ein kleines Waldstück, bestehend aus drei alten Eichen, die dort halb verdorrt die Katastrophe überlebten. Er setzt sich in den Schatten eines Baumstamms und lehnt sich an, um seinen Tod zu begrüßen. In der Tat hätte er zum Sterben nichts Besseres finden können. Er schließt die Augen und fällt wieder in ein Delirium. Der Schatten wechselt, die Sonne brennt auf seiner Haut. „Träume ich?", denkt er und meint Vogelgezwitscher und ein leises Plätschern zu hören. Er kriecht in den Schatten des anderen Stammes.

Dabei rutscht er einen kleinen Abhang hinunter. Wilde Brombeerranken reißen ihm dabei seine sonnenverbrannte Haut auf. Vor einem kleinen mit Natursteinen gemauertem Wasserloch kommt er zum Liegen. Er kann es kaum fassen, robbt die zwei Meter, die ihn vom Brünnlein trennen, durch vertrocknete Tierexkremente, abgefallene Rinde und totes Laub. Dann steckt er seinen Kopf in das mit Eichenblättern, Spinnweben und komischen Moosen bedeckte Wasser. Es kommt ihm vor, als würde er die ganze Pfütze leersaugen. Dass auch kleine Erdklumpen durch seine Kehle kratzen, stört ihn nicht. Erst als sich eine angekeimte Eichel in seinen Mund verirrt, hört er mit dem Trinken auf und muss sich fast übergeben. Der Tod musste erst einmal warten. Das Leben war zurück – und auch die Schmerzen, die ihn die dicken Stacheln der Brombeerranken angetan hatten.

Seit Torin durch den Sandsturm auf den Kopf aufgeschlagen war, wusste er nicht mehr, was es für ein Jahr war und was für eine Jahreszeit, aber die Brombeeren schmecken sehr gut. Er beschließt, so lange an diesem Ort zu bleiben, bis keine Beeren mehr an den Sträuchern hängen. Schon nach einem Tag bekommt er Durchfall. Er schleppt sich den kleinen Hügel hinauf und sieht ein ausgebleichtes Schild mit dem Schriftzug „Nonnenbrünnle."

Er zieht sein Spezialmesser mit den zwei Klingen aus seiner durchlöcherten Hosentasche, spannt die zehn

Zentimeter lange Sägeklinge auf und sägt sich einen stabilen Ast von einem der Bäume ab. Dann löst er den Lederriemen, mit dem er das Messer an seinem abgewetzten Gürtel festgemacht hat. Es dauerte ungefähr eine Stunde bis er im Schatten der Bäume den Ast zu einem Stock geschnitzt hat. Er schwitzt und stinkt. Sein Microfaser-Shirt hängt nur noch in Fetzen an ihm, strotzend vor Blut und Dreck. Dann macht er sich auf den Weg durch die vertrocknete Landschaft.

Seit langer Zeit hatte er keinen Menschen mehr gesehen. Hatte er Glück oder war es nur eine Verzögerung des Schicksals? Jedenfalls lebte er noch.

Nach dem Brombeeren-Festmahl und Brunnenwasser fühlt er sich auch wieder gut gestärkt. Nach ungefähr einem Kilometer sieht er Gebäude, die noch in einem einigermaßen passablen Zustand waren. Langsam kommt sein Gedächtnis wieder zurück. „Es war Leichtsinn den Bunker zu verlassen", wird ihm klar.

Er geht eine mit Flechten und Moosen übersäte Treppe hinauf. Nach den acht Stufen stützt er sich an einem Geländer aus Metall ab und atmet tief durch. So gut hat er sich schon seit Wochen nicht mehr gefühlt. Im selben Moment des Wohlbefindens bricht das verrostete Metall aus der Verankerung und Torin stürzt zwei Meter in tiefes Gestrüpp. Bewusstlos bleibt er liegen.

Irgendetwas rüttelt an seinem rechten Bein. Benommen nimmt er einen beißenden Schmerz wahr. Es ist ein wilder Hund, der an seinem Fuß zerrt. Dann sieht Torin voller Schrecken ein ganzes Rudel. Nur das dichte Gestrüpp, in das er gefallen war, schützte ihn vor den zähnefletschenden Ungeheuern. Jetzt nimmt er reflexartig den Stock in die Hand und sticht mit der angespitzten Seite dem Köter, der seinen Fuß mit den Zähnen malträtiert, auf die Schnauze. Mit großem Gejaule lässt der ab und Torin kann seinen Fuß wegziehen. Einige der Hunde sind die Treppe hoch gerannt und bellen gefährlich von der abgebrochenen Brüstung herunter. Torin zieht sein Messer. Jeden Moment wird wohl ein Köter auf ihn herunterfallen.

Zwei sticht er ab und einen Dritten erwischt er nicht richtig. Jaulend und heulend zieht die Meute ab. Geschockt setzt er sich auf ein totes Tier. Ihre Körper dienen ihm jetzt als eine Art Brücke um durch das Gestrüpp zu gelangen.

Er schleppt einen der Hunde auf die Treppe und schneidet ihm die Unterfußarterie durch. Das Blut ist noch warm. Gierig trinkt er und fühlt neue nicht mehr gekannte Kräfte in sich aufsteigen.

Es hat bestimmt noch 40°C und Torin sucht den Schatten der alten Gemäuer auf.

Als er 2030 auf die Welt kam, verdrängte die Menschheit noch die schleichende Katastrophe. Indonesiens Hauptstadt war da aber schon vollkommen überflutet. Jakarta ist nur ein Beispiel von vielen, auf der ganzen Welt beschwichtigten Despoten und Medien die dro-

hende Apokalypse. Die Menschheit hatte die Welt-
meere nachhaltig verdreckt und schon lange den Klimawandel eingeleitet. Auch die aufstrebende Zero- Waste-
Bewegung konnte dies nicht mehr ändern. Algorithmen
und verbeamtete, korrupte Bürokraten bestimmten das
Leben.

Dass die globale Vernichtung so schnell kam, damit
hatte niemand gerechnet. Vielleicht hatten es ein paar
Wissenschaftler geahnt. Die Naturkatastrophen häuften
sich immer schneller. Der Permafrost in den Bergen
und in der Taiga taute auf und das Felsgestein wurde
dabei brüchig. Die Meere erwärmten sich rasant und die
großen Meeresströmungen blieben aus. Tausende von
Walen kamen aus den Meeren und legten sich an die
Strände zum Sterben. Riesige Taifune und Hurricane
zerstörten große Küstenregionen auf der ganzen Welt.
Die Alpen versanken in unbeschreiblichen Schneemen-
gen. Große Versandfirmen prägten das neue Berufsbild
des Workcampers. Arbeitsnomaden zogen mit ihren
Wohnmobilen dahin, wo es Arbeit gab. Der Permafrost
der Tundra taute auf und Millionen von Tonnen Treib-
hausgase wurden freigesetzt. Gewaltige Regenfälle un-
vorstellbaren Ausmaßes verbunden mit gewaltigen Ge-
wittern entvölkerte das Binnenland. Riesige Wald-
brände vernichteten die letzten verbliebenen Wälder
der Erde. Schon 2040 waren viele Gebiete der Erde unbewohnbar geworden. Am längsten konnten sich verschiedene Teile in Mitteleuropa halten. Unvorstellbare
Migrantenströme machten sich in der ganzen Welt auf

den Weg. Niemand wusste wohin. Unruhen und Kriege brachen aus. Israel und der Iran schickten sich Atombomben. Die Menschen lehnten sich gegen die Regime auf. Aber es war zu spät. Fast die gesamte Menschheit fiel der Apokalypse zum Opfer. Die Eisenzeit war zu Ende. Die Erde wanderte rückwärts in eine neue Periode.

Torin verdankt das Überleben seiner Mutter. Die füllte jahrelang einen Prepperbunker mit Konservendosen, bunkerte Wasser in 20 Liter Plastikbehältern, das mit Wasserdesinfektionsmittel versetzt war, auf. Dazu Dinkelkörner zum Selbermahlen und hunderten Kanistern mit Diesel und Heizöl. Sie ließ einen Brunnen bohren und kaufte eine Getreidemühle.

2041 gingen sie dann auf Tauchstation. Internet, Fernsehen und Radio wurde 2045 abgeschaltet. Ein Jahr später war der Strom weg. Als seine Mutter den Bunker verließ, um ihre Stromleitung an einer Solarparkleitung anzuzapfen, wurde sie von einer Bande von Freischärlern, wie sie sich nannten, gefangen genommen. Es waren Cyborgs, also Menschen, die mit künstlichen Organen und Körperteilen lebten. Die meisten von ihnen brauchten für ihre Geräte Strom zum Weiterleben.
Im Bunker lernte Torin aus den Büchern, die seine Mutter für ihn besorgt hatte, alles Mögliche über das Leben vor der Katastrophe. Brauchbares und Lebensnotwen-

diges war dabei. Er stieß auf einen Bericht, den ein Forscher 2019 in einem Sammelbuch veröffentlicht hatte. Dort heißt es: „Der technische Fortschritt bietet uns die Möglichkeit, den Lebensstandard jedes Menschen auf der Erde deutlich zu verbessern." Was für ein Blödsinn, waren es doch auch die Androiden, die den Untergang mit einleiteten!

Es ist ein gefühltes Jahr her, seit er das erste Mal den Kopf aus der Prepperburg gesteckt hatte. Damals schnallte Torin die Gasmaske ab und schnaufte dabei tief durch. Sechs Jahre hatte er im Bunker verbracht, ohne ans Tageslicht zu gehen. Der Geigerzähler tickte, aber ohne größere Ausschläge. Er fragte sich, ob er eine Jod Tablette einnehmen sollte? Er hatte sich damit abgefunden, dass er seine Mutter nicht wiedersehen würde. Die Hitze machte ihn fertig und er ging zurück in den Bunker. Was er gesehen hatte, war für ihn erschreckend. Kein Grün, keine Tiere, nur verbrannte Erde. Er beschloss, einmal im Monat eine Visite zu machen. Dabei wollte er auch schauen, ob er noch einen Prepper oder andere Überlebende finden könnte. Seine Mutter hatte eine Prepperliste für Mainfranken geschrieben. Keine Ahnung, ob die Leute in den eingezeichneten Bunkern noch zu finden waren. Der CB-Funk hat sich seit einer kleinen Ewigkeit nicht mehr gemeldet.

Mit seiner derzeitigen Exkursion hatte er kein Glück. Irgendwie hatte ihm der Sandsturm die Orientierung genommen. Nun liegt er in einem Gemäuer aus einer vergangenen Zeit und verzweifelt. Er hat nur noch das Messer und den selbstgeschnitzten Stock. Das Gewehr hat er schon verloren, als ihn der Sandsturm durch die Luft wirbelte. Er schaut aus einer Luke und prüft den Stand der Sonne. Morgen früh wird er sich auf den Weg machen. Der Durchfall war vorbei und ihn plagte großer Hunger.

In der Nacht hat Torin gefroren, obwohl es nicht kalt war. Es war der Nahrungsentzug, der ihn frösteln ließ. Mit dem Sonnenaufgang marschiert er los. Nach zwei Stunden kommt er zum ausgetrockneten Main. Er stolpert und fällt ins vertrocknete Flussbett. Vor ihm Fischgräten in großer Menge. Ein Fischschwarm war hier vertrocknet. Er durchquert den vertrockneten Fluss und sieht auf der gegenüberliegenden Seite eine Ansteigung. Früher war hier einmal ein Weinberg, von dem es keine Spuren mehr gibt. Nun kannte er sich wieder aus. Der 500m lange kahle Hohlweg führt zum hinteren Eingang seiner Prepperburg. Sie war durch Geröll zugeschüttet, doch er macht sich nicht die Mühe, dieses wegzuräumen. Er klettert über den Hügel, rutscht mehr als er läuft hinunter zum vorderen Eingang.

Im Stollen ist es herrlich kühl. Er setzt sich auf sein Bett und versorgt, im grellen Licht der nackten Glühlampe, seine Wunden. Zwei Schmerztabletten lassen ihn dann auch wieder einigermaßen funktionieren. In der Verbandskiste sind Schmerzmittel, Mittel gegen Mückenstiche, Juckreiz, Sonnenbrand, Mittel gegen Sodbrennen, Blähungen, Verstopfung, Durchfall, Wund- und Heilsalbe, Salbe gegen Prellungen, Zerrungen, Verstauchungen, Wunddesinfektionsmittel, Desinfektionsspray, Jod-Tabletten, Antibiotika, Feuchtigkeitscreme gegen trockene Haut, Fieberthermometer, Zeckenzange, Pinzette, Verbandmittel, Einweg-Skalpell, Kanülen, Spritzen, Handschuhe und ein Handbuch über Erste Hilfe. Seine Mutter hatte ihm eingebläut, dass er gut auf die Medizinkiste achtgeben sollte. Ein Backflash ließ ihn an seine EOS 5D Mark 11 denken. Schade, dass sie nicht mehr funktionierte.

Sein Äußeres wirkt muskulös. Die Haut ist gut durchblutet. Meistens trägt er seine alte Jeans und ein weißes T-Shirt. Sein Gesicht ist rundlich und sein braunes Haar trägt er lang und es wird mit einem Seitenscheitel geteilt. Die Augenbrauen sind dezent und bilden mit seinen hellblauen Augen eine schöne Kombination. Die ausgeprägte Nase und der Mund bilden eine harmonische Einheit. Er trägt immer noch die alten Sneakers und die Größe von 185 cm steht ihm gut.

Er schaute nach seinen Vorräten, sie würden noch einige Jahre für ihn reichen. Nachdem er die Dose mit den Ravioli in den Teller geschüttet hat, stellt er diesen hinaus in die Sonne. Mit einem Spiegel erwärmt er die Teigwaren, die dann wenig später durch seinen Hals in seinem hungrigen Magen landen.

Um Diesel für den Generator zu sparen, steigt er auf den Heimtrainer und erzeugt Strom. Er schaltet den Fernseher ein und klickt sich durch die Programme. Überall nur Bildrauschen. Dann die Blue-Ray über die Weinlese in Franken. Interessant, was da von einer Fränkischen Weinkönigin erzählt wurde. Torin hat noch nie Wein getrunken. Er weiß gar nicht, was das ist und wie es schmeckt. Am liebsten schaut er Zeichentrickfilme an: „Dschungelbuch", „In einem Land vor unserer Zeit", „Das letzte Einhorn" oder „Der König der Löwen" - seine Mutter hatte ihm Hunderte von Comicfilmen auf die große Festplatte geladen.

Er entscheidet sich für „Aladdin". Danach schaltet er Kanal 68 FM des CB Funkgerätes ein und spricht immer den gleichen Satz. „Hier ist Torin aus dem Weinberg, hört mich jemand?" Jeden Tag das Gleiche. Niemand gab je Antwort. Er geht zwei Treppen hinab in den Keller, wo sie eine kleine Champignonzucht eingerichtet hatten. Pilze isst er sehr gerne. Egal ob Buchenpilze, Kräuterseitlinge oder Champions. Er ist quasi mit ihnen aufgewachsen. Mit den Pilzen konnte er viele Vitamine abdecken, wie zum Beispiel: Biotin, Folsäure, L-Carnitin, Niacin, Omega 3, Riboflavin, Vitamin A, B-Vitamine, Vitamin C und D, dazu noch Zink und andere wichtige Mineralien.

Am liebsten mochte er die Pilze mit seinen selbstgezogenen Sprossen. Alfalfa, Linsen, Radieschen oder Mungbohnen im Wechsel. Dazu Leberwurst aus dem Glas. Solange der Vorrat eben reicht.

Nach dem Essen zündet er eine Kerze an und legt sich schlafen.

Das Schokomüsli am Morgen schmeckt gut, auch wenn er es mit Milchpulver und Wasser anrühren muss.

Torin will heute auf die andere Seite wandern. Nach der Liste sollte in etwa 6 Kilometer Entfernung ein weiterer Prepper leben. Komisch nur, dass sie nie etwas von ihm gehört hatten. Er schnallt sich eine Schrotflinte um, dazu drei Wasserflaschen, das sollte reichen. Dann marschiert er durch die Dämmerung los. Jetzt war es am einfachsten zu laufen, die Sonne war noch nicht aufgegangen. Nach etwa einer Stunde schaut er auf den Kompass. Er ist richtig, es konnte nicht mehr weit sein. Er kommt an einer zerfallenen Lagerhalle vorbei. Die Neugier treibt ihn ins Gebäude. Es riecht modrig. Sand war in das teilweise eingestürzte Gebäude eingedrungen. Kleidungsstücke liegen in einer geschützten Ecke Stapelweise. Beim Durchwühlen vergisst er die Zeit.
Der Krach, den er verursacht hat, blieb nicht ungehört. Mit einem Mal wird er von wilden Hunden gestellt. Torin bekommt Panik. Er erkennt sofort, dass es dasselbe Rudel ist, das ihn vor einiger Zeit bei den verlassenen Gebäuden hinter der Quelle angegriffen hatte. Die abgemagerten Tiere fletschen die Zähne. Das Bellen haben sie anscheinend verlernt. Er zieht sein Gewehr von der Schulter, entsichert und feuert auf den Hund, der bereits zum Sprung angesetzt hatte. Der zweite Schuss gilt dem, der von rechts angreifen wollte. Der Schrot war verschossen. Mit der Kugel im Lauf trifft er dann

noch den Hund, der am langsamsten hinter dem dezimierten Rudel davonlief. Schnell nachladen. Er geht hinaus in die Sonne, sieht von den flüchtenden Hunden aber nur noch eine Staubwolke.

Eine kurze, festgewebte Hose hat er gefunden. Sie passt ihm sehr gut. Er lässt sie auch gleich an und räumt den Inhalt seiner Taschen um.

Beim Hinausgehen lässt ihn ein jämmerliches Winseln aufhorchen. Zwischen den herumliegenden Stofffetzen hatte sich ein junger Hund verfangen.
Vorsichtig macht er ihn frei und gibt ihm was zu trinken. Dann macht er sich auf den Weg.

Als er sich nach einiger Zeit umschaut, sieht er, dass der kleine Hund ihm in ungefähr zwanzig Meter Abstand folgt.

Die Hitze macht ihm zu schaffen, so entscheidet er, wieder den Rückweg anzutreten. Als er an dem Kleinen vorbei gehen will, schmiegt der sich wie eine Katze an seine heißen Beine.

„Okay, ich nehme dich mit." Er hebt ihn auf und steckt ihn in seinen Rucksack. Nur noch der kleine wuschelige Kopf schaut heraus. Es ist ein Weibchen, wie er beim Einpacken feststellen konnte. „Ich werde dich Tula nennen!", beschließt er. Es waren die ersten Sätze die er seit langer Zeit sprach.

Nach zwei Stunden Fußmarsch, geleitet von seinem Kompass, erreicht er seinen Hohlweg, der zu seinem Bunker führte.

Nach dem Mittagessen, das heute aus einer Dose weißer Bohnen in Tomatensoße besteht, ruht er sich ein bisschen auf dem Feldbett aus. Saubermachen müsste er mal, denkt er noch. Tula springt auf seinen Bauch und legt sich neben ihn. Sie war ein Colliemix oder sowas ähnliches. Egal, er schläft ein.

Wie lange er geschlafen hat, weiß er nicht. Geweckt hat ihn die feuchte Zunge des kleinen Hundes an seiner Backe.

„Okay, dann wollen wir mal," denkt er und setzte sich auf den Heimtrainer. „Asterix – Sieg über Cäsar" schaut er dabei an. Eine süße blonde Gallierin hat es ihm dabei besonders angetan.

Was ihn an ihr so faszinierte, konnte er nicht sagen. Torin war noch nicht aufgeklärt und seinen ersten Samenerguss hatte er noch vor sich. Noch spürte er nicht das Verlangen nach dem anderen Geschlecht.

Mit Tula geht er dann nach draußen auf die kleine Anhöhe und sucht mit dem Fernglas die Gegend ab. Die heutige Stille umhüllt ihn, gibt Raum für Erkenntnis und Veränderung. Nur kann Torin das nicht so richtig deuten. Wäre doch noch seine geliebte Mutter da. An Menschen von früher kann er sich nur noch vage erinnern. Er war elf Jahre, als sie in den Bunker zogen.

Sie verschwanden, ohne es jemanden zu sagen. Am Anfang war noch Manne mit im Bunker, der ihn ja auch mit eingeräumt und aufgefüllt hatte. Er verschwand nach zwei Monaten und nahm den wasserstoff- und allradbetriebenen Kleinbus, der Marke „off-road vehicles" mit. Raschenka, seine Mutter war ganz schön sauer.

An seine Lehrerin aus der Gesamtschule konnte er sich noch schwach erinnern und an den Hausmeister, der den Kakao in der Pause verkaufte. Das letzte, was seine Mutter machen wollte bevor sie in den Bunker gingen, war bei einer Weinlese mitzuhelfen. Sie wollte frische Trauben für die ersten Wochen mitbringen. Doch es kam anderes, als sie dachte. Der Winzer nahm sie erst gar nicht mit in den Steillagen- Wengert. Denn die Beeren waren alle vertrocknet, man konnte sie im besten Fall für Rosinenstuten verwenden. Nach dem Ende der imaginären Weinlese ging es in den Bunker.

Raschenka stammte ursprünglich aus Weißrussland und ihre Mutter prostituierte sich in Kassel. Dort lernte Karina dann den superreichen Freier Gottfried Meister kennen, der sie dann mit ihrer Oma, nach Deutschland holte. Nach Scheinheirat und Trennung wohnten sie in einem Haus in Sulzfeld am Main an einem schönen Hang mit toller Aussicht auf den sich immer mehr austrockneten Main. Ihre Mutter hatte mit einer weiteren Partnerin ein Startup mit großem Erfolg an den Markt gebracht. „East meets West" war im Bereich Simultan-Übersetzungen bei vielen großen Firmen sehr gefragt.

Schule fand im letzten Jahr nur noch in der Nacht statt. Das Leben nach dem Sonnenaufgang war mittlerweile unerträglich geworden.

Ein großer Waldbrand wütete im nahegelegenen Steigerwald und trockene Fallwinde sorgten dafür, dass er nicht so schnell gelöscht werden konnte. Die Feuerwehr war machtlos. Große Teile des Waldes verbrannten. Viele Dörfer wurden eingeäschert. Es gab Hunderte von Toten.

Einmal in seinem bisherigen kurzen Leben konnte Torin dann noch eine schlimme Wetterkapriole erleben. Mitten im Oktober fiel in ganz Europa Schnee. Meterhoch deckte er die Länder zu. Es war das erste und letzte Mal, dass er die weiße Pracht bewundern konnte. Die Schneemassen brachten Tod und Verderben. Tausende Menschen starben. Die Dächer vieler Häuser brachen unter der Last des Schnees zusammen. Er war elf, als dieses Wetterphänomen auftrat.

Ein halbes Jahr nach der „Eiszeit" mit dem vielen Schnee kam dann der große Knall und jeder, der sich nicht in einen Isolationsbunker retten konnte, starb einen qualvollen Tod.

Am Anfang hatten sie noch Kontakt zu anderen CB-Funkern, aber nach zwei Monaten war alles still.

Torin überlegt, wie er seinen nächsten Streifzug organisieren muss und vor allem: in welche Richtung er gehen soll. Er denkt an seinen früheren Geografie- Lehrer, dessen ängstliche Erklärungen in den letzten Tagen des Untergangs geprägt waren von inflatierenden Meldungen über Länder, die von der Landkarte verschwanden. Entweder fielen sie gewaltigen Bränden zum Opfer oder sie wurden überschwemmt. Die monumentalen Sandstürme, die zum Teil von der Sahara nach Europa gelangten, hatten das Schulhaus auch schon ziemlich in Mitleidenschaft gezogen.

Der Klimawandel war ja schon um 2019 spürbar. Schon damals setzte der Jetstream ein Starkwindband, das für ein wechselhaftes Wetter auf der Nordhalbkugel verantwortlich war, aus. Dadurch setzten sich bestehende Wettersituationen über Monate über ein Gebiet fest. Unwetter in Form von extrem starken Regenfällen oder katastrophale Dürren traten immer öfters auf. Anfang 2019 kam es zu einer Schneekatastrophe in den Alpen. Durch den Klimawandel erwärmte sich der Norden und die Wärme in Afrika zog nicht mit, so dass keine Jetstream Rotation zustande kam.
Torins Mutter war Meteorologin und sie erkannte schon frühzeitig, wie schlimm es um die Erde stand und hatte deshalb beizeiten den Prepperstollen angelegt.
Mit siebzehn besuchte sie bei einer Klassenfahrt eine Ausstellung mit Luftaufnahmen des Fotografen Henry

Fair. Auf den ersten Blick wirkten sie wie Gemälde. Doch zu sehen waren von Menschen gemachte Katastrophen, deren Folgen damals noch nicht absehbar waren, aber dann zur bitteren Realität wurden. Die populistischen Regierungen haben versagt. Falsche Eitelkeiten, Korruption und eklatante Fehlentscheidungen trugen dazu bei, dass es schlussendlich zu der Katastrophe 2045 kam.

Als die Menschen ein Jahr vorher von der nahenden Katastrophe durch irgendwelche Blogger erfuhren, gab es Mord und Totschlag. Es war ein schleichender Prozess, der aber unumkehrbar geworden war. Eine bemannte chinesische Rakete wurde 2032 ins All geschickt, um in einem anderen Sonnensystem nach neuem Lebensraum für die menschliche Rasse zu suchen. Ausgestattet mit kleinen Gewächshäusern für Paprika, speziellen Tomaten und verschiedenen Salaten. Gegossen wurde mit menschlichem Urin. Aber nach drei Jahren ist der Kontakt 2035 abgebrochen.

Torin findet ein Buch in einer wasserfesten Kiste mit dem Titel „Vertical Farming" von Dorina Hochstett. Ansätze waren da. In den letzten Jahren vor dem Untergang aßen die Menschen fast nur noch Insekten, hergestellt in speziellen Zuchtfarmen. Gezüchtet wurden unter anderem: Zikaden, Heuschrecken, Mehlwürmer, Grillen, kleine Skorpione, Wasserkäfer und einiges mehr. Stark gewürzt mit Curry und Chili konnten sie die Menschen essen. Ohne Würzung schmeckten sie wie Mehl, das schon zu lange im Küchenschrank gestanden hatte.

Den Regenwald in Südamerika gab es bereits 2028 nicht mehr. Aus verschiedenen Gründen wurde er abgeholzt. Das gewonnene Land wurde genutzt für Rinderzucht für die Fleischesser und Sojaanbau für die Veganer. Alle waren schuld, aber es war da bereits zu spät, um umzudenken. Selbst die Drogenbarone wurden arbeitslos.

Wenn Torin mehr Strom hätte, könnte er in speziellen Leuchtschächten dasselbe anbauen, wie die Astronauten in der „Hope" Rakete. Samen hatten sie genug gebunkert.

Tula springt aufgeregt umher. Irgendetwas stimmt nicht. Er schaut durch den Sehschlitz des vorderen Eingangs, nichts als Sand und Sonne. Am hinteren Eingang sieht es dann etwas anders aus: Eigenartig gekleidete Menschen, die in einiger Entfernung vorbeiziehen. Ihm war so, als hätte er seine Mutter gesehen. Er hält Tula Instinktiv den Mund zu halten. Er hat Angst das sie bellt obwohl sie das noch nie gemacht hatte. Das Risiko, dadurch entdeckt zu werden, will er nicht eingehen.

Es waren allem Anschein nach Cyborgs. Mikrochips im Kopf, Roboterbauteile im Körper und Organe aus biologischem Gewebe vom 3D-Drucker zum Teil auch mit Exoskeletten, die früher die Leistungen von Soldaten optimieren sollten. Es schien so, als ob seine Mutter herübergeschaut hätte. Torin weiß nicht, ob die da draußen friedlich gestimmt sind. Seine Mutter hält ein kleines Mädchen an ihrer Hand. Es muss wieder sehr heiß gewesen sein. Vertrocknete Disteln und anderes Gesträuch kriechen vom Wind getrieben über den verkrusteten Boden. Was konnte er tun? Ratlosigkeit schleicht sich bei ihm ein.

Er geht in den Keller und erntet die Pilze ab, die er später am hinteren Ausgang in der Sonne mit einem Reflektor Spiegel schmurgelt. Er schneidet dazu reichlich Basilikum ab, das er im Lichtzelt gezüchtet hatte. Es hatte sowas Frisches und schmeckte sehr gut. Die Hälfte des Essens stellt er Tula hin.

Heute Nacht wird er auf einen Streifzug gehen. Vielleicht kann er ja herausfinden, wo seine Mutter abgeblieben ist?

Das Nachtsichtgerät war ein Erbstück eines ehemaligen Freundes seiner Oma, er hat sie nie kennengelernt und auch die Maschinenpistole mit dem Schalldämpfer war ein Erbstück von ihm. Preissler hieß er, glaubt Torin sich zu erinnern, es ist aber auch egal. Wenn ihn jemand gefragt hätte, dann hätte er nicht sagen können, dass er keine Angst hatte.

Tula bindet er mit einer Schnur im Keller an einem Pfeiler an, zudem klebt er ihr mit einem Gaffaband die Schnauze zu, damit sie nicht bellen kann. Er hatte ja keine Ahnung von Hundehaltung.

Als er sich um 23 Uhr auf den Weg macht, war es schon etwas kühler geworden. Dichter Nebel zog auf. Dieses Wetterphänomen kennt er nicht so richtig. Eigentlich gar nicht. Ein gelblicher Dunst wabert umher. Nur schwer kann er etwas sehen. Er hängt das Nachtsichtgerät an seinen Gürtel. Langsam läuft er Richtung Osten, hat keine Ahnung warum. Doch, ein Geräusch zieht ihn an. Es wird immer lauter und ein Lichtschein zeichnet sich in der Ferne ab.

Zuerst sieht er einen mobilen Solar Power Back, mit dem die Cybots ihren immensen Stromverbrauch befriedigten. Torin schleicht näher. Es sieht aus, als ob alles schläft. Aus seinem Rucksack nimmt er den gut isolierten Seitenschneider und versucht mit aller Kraft das Kabel des Ammoniak Power Backs, welches zu den Verteilerkabeln der einzelnen Cyborgs-Mitglieder führt, zu durchtrennen. Es klappt! Das Lagerlicht geht aus und einzelne Mitglieder der Gang springen vom Lagerhalbkreis auf. Auch seine Mutter und das Mädchen. Alle haben Angst, dass ein feindlicher Clan einen Überfall initiiert. Die Verwirrung ist groß und die nutzt Torin aus. Er rennt so schnell er kann auf einem Geröllwall ein Stück in Richtung seiner Mutter. Der kleine Abhang ist kein Hindernis. Trotzdem stolpert er. Seine Mutter sieht ihn, rennt auf ihn zu, an ihrer Hand das Mädchen.

Der Nebel war dichter geworden, zum großen Vorteil für die drei. Sie hören ein Motorrad oder etwas ähnliches. Der Lichtstrahl der Lampe hat sie bald erfasst. Torin nimmt das alte HK MP7 Heckler & Koch von der Schulter und lässt das Gefährt näherkommen. Seine Mutter rennt mit dem Mädchen weiter. Der Sozius schwingt eine Kletterkralle wie ein Lasso, Torin legt an, stellt auf Dauerfeuer, zielt und drückt ab. Die beiden sind sofort tot. Er hebt das halb verrostete Motorrad auf und schiebt es in Richtung seiner Mutter. Torin weiß nicht, wie man so ein Teil fährt. Sie muss lachen, als sie ihn so ankeuchen sieht und schwingt sich auf das Bike. „Schnell, wir haben keine Zeit zu verlieren." Torin setzt sich hinter sie, das Mädchen klammert sich mit Armen und Beinen an ihm fest. Dann steuern sie in Richtung „Neue Heimat". Torin gibt die Richtung mit dem Kompass vor. Nach einer halben Stunde kommen sie an.
Torin und Raschenka haben Tränen in den Augen. „Wie heißt du?" „Sie sagt nichts, mach dir da keine Mühe." Als er mit Wasser aus dem Keller kommt, hat er Tula auf dem Arm. Raschenka drückt ihn, es waren für beide unbeschreibliche Glücksgefühle in einer unwirtlichen Zeit.

Schon Ende 2019 zeichnete es sich ab, dass der Klimawandel unumkehrbar geworden war. Die Politik hatte versagt. Aktiengesellschaften und Despoten in verschiedenen Ländern haben sich durchgesetzt. Fußball-Millionäre verputzten vergoldete Steaks. Eigentlich hat die gesamte Menschheit daran schuld, dass die Erde jetzt einem neuen Zeitalter entgegen ging. Für die Menschen war es sehr schwer geworden zu überleben.

„Wir müssen sehr vorsichtig sein! So wie ich das in der Gefangenschaft erfahren habe, gibt es noch viele marodierende menschliche Cyborgs, sie haben anscheinend als einzige „Rasse" überlebt. Verletzlich sind sie aber wegen ihres enormen Stromverbrauchs, ihrer „Ersatzteile", wie künstlich betriebene Lungen, Kunstherzen und verschiedene andere Teilen aus dem 3- D Drucker."

Sie haben im Bunker umgestellt: das Mädchen ohne Namen braucht ihr eigenes Bett. Raschenka schätzt sie auf acht Jahre, sie konnte aber auch erst 7 Jahre alt sein oder auch schon 10.

Ein gewaltiger Krach weckt Torin. Raschenka hat den Generator angeworfen und durch die Getreidemühle rattern fünf Kilo Dinkelkörner aus der Dose. In diesen Dosen ist das Getreide, speziell Dinkel, über Jahrzehnte haltbar. Raschenka konnte einen halben Container dieser Dosen günstig ersteigern. Sie wusste, wenn sie in den Bunker gehen würden, wird Geld keine Rolle mehr spielen. Sie reizte deshalb ihr Kreditvolumen bei etlichen Banken komplett aus. Sie wird es nicht mehr zurückzahlen müssen. Es gibt keine Banken mehr.

Es duftet frisch. Torin pumpt mit der Hand Wasser aus dem 50m tiefen Brunnen in eine Wanne aus Zink. Das Wasser schmeckt leicht salzig, ist aber herrlich frisch.

Sie hatten beim Brunnenbohren eine Solequelle angezapft. Zuerst die Zähne putzen, dann zieht er den an vielen Stellen zerrissenen Schlafanzug aus und wäscht sich am ganzen Körper mit Kernseife.

Abwechselnd kneten sie den Teig für die Fladenbrote, die sie nach Teigruhe und Ausrollen, im Freien von der Sonne mehr trocknen als backen lassen. Noch ahnen sie nicht, was sie Besonderes in wenigen Stunden erleben würden.

Achtundvierzig Fladen liegen nun auf einer Sisalmatte ausgebreitet in der sengenden Sonne.

Nach einer Stunde sammeln sie die Brote wieder ein und nehmen auch das „independent of the electricity Radio" mit in den Bunker. Der solar- und dynamobetriebene Weltempfänger bringt bei einer Minute Handkurbeln in mittlerer Geschwindigkeit 40 Minuten Radioempfang oder 50 Minuten Licht im Spar- Modus. Eine Stunde Laden im Sonnenschein ermöglicht rund 6 bis 8 Stunden Radiogenuss in Normallautstärke und ebenso lange Licht für die Nacht. Im Radio kommt schon lange nichts mehr, sie benutzen das Teil als Lampe.

Die frischen Fladen beträufelte Raschenka mit Olivenöl aus dem Blechkanister und Rucola aus dem Lichtzelt. Es schmeckte den Dreien sehr gut.

Plötzlich und unerwartet sagt das Mädchen ohne Namen: „Das war aber gut," und lächelt beide strahlend an. Torin schaut seine Mutter mit ungläubigen Augen

an. „Habe ich da richtig gehört, du kannst sprechen?"
Das Mädchen nickt. „Wie heißt du?" Sie kippelt mit ihrem Stuhl und antwortet nach einer gefühlten Ewigkeit:
„Coira." „Weißt du noch, wo du herkommst und wie alt
du bist?" Sie deutet auf ihren Unterarm. Raschenka
weiß, was das bedeutet. Der gläserne Mensch war
Wirklichkeit geworden, zumindest in den Gefängnisla-
gern.

Um den Chip auslesen zu können bräuchten sie einen
speziellen Scanner, den sie aber nicht im Bunker hatten.
Raschenka weiß aber, was es mit dem Chip auf sich hat.

Das Verbrechen, oder Sachen, die als Verbrechen der
herrschenden Kasten als solches deklariert wurden,
hatte in den 2030er Jahren derart zugenommen, dass
herkömmliche Gefängnisse nicht mehr für alle verur-
teilten Menschen ausreichten. Bestimmte Gebiete in
vielen Megacitys wurden deshalb aufgegeben und in
Hochsicherheitsgefängnisse umgewandelt. Wer dort
hineinkam, für den wurde es sehr eng, wieder heraus zu
kommen. Abgeschottet von der Außenwelt wurden die
Gefangenen, die zum Teil mit ihren Familien dort in-
haftiert waren, sich selbst überlassen. Die gefangenen
Insassen haben eigene Gesellschaftsformen in den verschiedenen Gebieten entwickelt.

In Franken war es ein Stadtteil in Nürnberg, der mit einer doppelten Mauer und Stacheldraht abgeriegelt worden war und „Endeavour" hieß. Der Stadtteil wurde von
ehemaligen Bandenbossen regiert. Er galt als einer der

am meisten gefürchtetsten Gefängnislager in ganz Deutschland.

Es gab zwar auch Ordnungshüter, das waren aber zum größten Teil auch alles ehemalige Gewalttäter, die dort selbst ihre Haftstrafe verbüßen mussten. Im Großen und Ganzen ging es aber innerhalb der Mauern bei kleinen Sachen erstaunlich gerecht zu. Wenn auch die Strafen barbarisch waren. Es gab kein Gemüse und Obst für die Insassen. Die Behörden stellten nur Pasta und Reis zu Verfügung. Dazu Soßen in fünf Liter großen Dosen. Wer Geld hatte, konnte sich durch verschiedene Schmugglerorganisationen mit frischem Gemüse und Obst zu Horrorpreisen versorgen. Wer das nicht hatte, quälte sich mit den Mangelerscheinungen herum. Die populistische Regierungspartei hatte viele Gesetze geändert. Darunter auch das Transplantationsgesetz und so wurde alles aus den Toten der Stadtgefängnisse herausgeschnitten, was sich vermarkten ließ. Manche waren noch gar nicht richtig tot und wurden trotzdem operiert.

„Kannst du dich noch an irgendetwas von früher erinnern?" „Ich weiß nur, dass wir für einige Zeit in einem Tunnel tief unter der Erde waren."

Die Gefangenen in „Endeavour", wie sie von den Menschen genannt wurde, gruben jahrelang einen sehr tiefen Stollen in die Erde unter der Stadt und wollten so eines Tages in die Freiheit gelangen. Die wenigsten Insassen waren Gewaltverbrecher, was die hohe Anzahl an Familien verdeutlichte. Gewaltverbrecher, also Mörder und Vergewaltiger, wurden in der Regel draußen sofort erschossen. Entweder bei der Tat selbst oder standrechtlich. Es herrschte Willkür in den Jahren vor der Katastrophe. In das Hochsicherheitsgefängnis wurden auch Menschen gesteckt, die ihre Schulden nicht mehr bezahlen konnten. Strom und frisches Wasser waren zu Luxusgütern mutiert, die sich schon lange nur noch die Superreichen in ihren stark bewachten Resorts leisten konnten. Einbrecher und Auto- und Drohnendiebe gab es im „Endeavour" auch viele.

Bestimmte Berufsgruppen, die zum Überleben des korrupten Systems wichtig waren, wie zum Beispiel Staatsbedienstete oder Lebensmittelhersteller mit ihren Mitarbeitern und Security-Leuten, kamen ebenfalls in den Genuss von fließend Wasser und Strom. Coira war anscheinend in eine Familie geboren worden, die keine Mittel mehr hatten, um am „normalen" Leben teilhaben zu können.

Durch den wahrscheinlich mehrere hundert Meter tiefen Stollen konnten sie überleben. Wie sie dann zu den marodierenden Cyborgs kam, wird sie vielleicht irgendwann einmal erzählen können.

„Möchtest du noch einen Fladen haben, ich kann dir auch noch ein bisschen Honig auf den Fladen streichen?!" „Was ist Honig?" „Oje, du weißt ja gar nichts mehr von der Zeit vor dem Knall! Der Honig kommt von den Bienen und ist ihr Nahrungsmittel. Der aus Nektar und einem kleinen Teil Pollen hergestellte Honig enthält viele Nährstoffe, die vor allem in den kalten Wintermonaten überlebenswichtig für die Bienchen sind." „Und was sind Bienen?" „Bienen sind Insekten, die durch die Luft fliegen und Obstbäume bestäuben! Leider gibt es keine Obstbäume mehr und wahrscheinlich auch nur noch ganz wenige Insekten." Torins Mutti geht in den Keller und holt aus einer dunklen Plastikkiste ein Glas Honig, dessen gesamter Inhalt auskristallisiert war. Honig ist bei sachgemäßer Lagerung ewig haltbar und auch ihr Honig war schon 25 Jahre alt. Sie hat ihn von Opa Preissler kurz vor dessen Tod bekommen. Er war Imker aus Leidenschaft und wusste, wie man mit Honig umging.

Das große Bienensterben auf dem Planeten setzte im Jahr 2025 ein und zwei Jahre später gab es keine mehr. Die Obstbauern mussten ihre Bäume von Hand nach einer alten chinesischen Methode bestäuben.

„Das schmeckt gut!" Raschenka merkte bald, dass Coira nur einen ganz kleinen Sprachschatz hatte.

Torin setzt sich auf den Heimtrainer und die kleine Coira konnte das erste Mal in ihrem noch jungen Leben einen Zeichentrickfilm anschauen. Im Bienenstock auf der Klatschmohnwiese mit Maya und Willi war viel Betrieb und Coira kam aus dem Lachen gar nicht mehr heraus. „Schön, wenn sich Kinder noch so freuen können", denkt Raschenka beim Abspülen des Geschirrs.

Am nächsten Morgen gibt es Haferflocken mit Wasser angerührtem Milchpulver. Raschenka hobelt von einem zwei Kilogramm schweren belgischen Milchkuvertüreblock feine Späne über die Teller. Dazu gab es warmen Tee.

Heute wollen sie zu viert zu dem versandeten Lagerhaus laufen, wo Torin die Hose gefunden hatte, die er jetzt trug.

Schwer bewaffnet und mit gefüllten Wasserflaschen gehen sie los. Raschenka ist sich im Klaren, welch großes Glück sie hatte, dass sie mit Torins Hilfe den Cyborgs entkommen konnten. Sie wären wohl als Sexsklaven bei Ihnen und den perversen Satyrn in der Gefangenschaft geendet und wahrscheinlich auch jämmerlich verendet. Sie wollte nie mehr in so eine Situation kommen. Sie würde kämpfen bis zum bitteren Ende.

Nach gut einer Stunde erreichen sie ihr Ziel.Tula hatten sie mit einem Seil angeleint, das Coira festhielt.

Torin und seine Mutti schaufeln den Sand beiseite. Es dauert einige Zeit, bis gut eingepackte Kleidungsstücke zum Vorschein kommen. Weitere zwei Stunden vergehen, bis sie passenden Kleidungsstücke herausgesucht haben. Eine mühsame Arbeit. Die sich aber lohnteFür jeden war etwas dabei.

Ihre Wasserflaschen waren fast ausgetrunken, als sie sich schwer bepackt auf den Rückweg machen. In unregelmäßigen Abständen machen sie Halt und suchen mit dem Fernglas die Gegend ab. Wind kommt auf und Wolken verdunkeln die Sonne. Sofort ist es um einige Grad kühler. Mit dem Mundschutz schützen sie sich gegen den immer stärker verwirbelnden Sand. Gerade noch rechtzeitig schaffen sie es in ihre Unterkunft, die sie winddicht verschließen.

Im Bunker, bei stürmenden Geräuschen, dann Anprobe der gefundenen Klamotten. Viele Sachen passen gut. Torin freut sich am meisten über die frischen Unterhosen und Coira über einen pinkenen Trainingsanzug. Raschenka hat für sich bewusst auf Funktionalität gesetzt und Camouflage Klamotten mit vielen Taschen gewählt.

Am Abend baut sie das kleine Morsegerät auf und gibt folgenden Funkspruch auf: -. - .- -. -. ..- -. ... .--- . -- .- . -.. . -- .--. ..-. .- -. --. . -. In der Hoffnung, dass ihn jemand empfängt.

Die X-risks waren bekannt gewesen. Viele Wissenschaftler setzten in den 30iger Jahren darauf, dass die Erde und die auf ihr lebende Menschheit durch künstliche Intelligenz zerstört werden wird. Doch schon Ende der zwanziger Jahre war klar geworden, dass sämtliche

Forschung der Verbesserung der Lebensumstände im Klimawandel eingesetzt werden musste. KI interessierte niemanden mehr wirklich. Seuchen und der Nuklearkrieg zwischen Israel und dem Iran waren ebenso eine große Bedrohung wie die schwindenden Ressourcen, um die auch Kriege geführt wurden. Die dramatischen Wetterszenarien im Klimawandel beendeten schlussendlich die Zivilisation, die systemischen Risken waren zu groß geworden und beendeten fast das komplette Leben auf der Erde. Nur ganz wenig Menschen schafften es zu überlebten.

Raschenka träumt vor sich hin, die kleine Coira liegt neben ihr unter ihrer Bettdecke eingekuschelt. Sie nimmt sich vor, am darauffolgenden Tag mit Torin zu reden. Der Hund musste weg.

Alle drei hatten sich bei ihrer Erkundungstour heute an den nicht bedeckten Stellen Sonnenbrände zugezogen. Obwohl sie nur drei Stunden dem gleißenden Sonnenlicht ausgesetzt waren. Sie hatte an alles gedacht, nur nicht an Sonnencreme!

Die Nacht war dunkel und frisch. Raschenka muss aufs Klo. Sie zieht sich warm an mit Schal und Mütze. Sie schaut zu den Sternen und zur Sichel des Mondes. Plötzlich hört sie ein Geräusch. „Was war das?" Sie sieht nur noch den Schatten einer großen Ratte.

Am nächsten Morgen steht sie sehr früh auf, schiebt das Motorrad hinauf zum hinteren Eingang, dann schnappt sie sich Tula und fährt davon. Nach einer Stunde Fahrzeit setzt sie die kleine Hündin schweren Herzens hinter einem großen Stein in den Schatten und fährt zurück. Kurz vor dem Bunker geht der Sprit zu Ende und sie muss den verrosteten Bock den restlichen Weg schieben. Zuhause nimmt sie den Geigerzähler und hält ihn über das stark angerostete Zweirad. Normaler Ausschlag, sie ist beruhigt. Dann kocht sie Tee und bestreicht Dinkelfladen mit Honig, bevor sie Torin und Coira weckt.

„Tula ist weg!" Raschenka reagierte nicht. Sie sitzt gedankenverloren im Korbsessel und überlegt, dass die größte Bedrohung ihrer gigantischen Vorräte nicht die Mäuse wären, sondern die Nicht-Prepper. Also diejenigen, die nicht vorsorgen wollten oder konnten und seit der Katastrophe hungrig und marodierend durchs Land streifen. Teilen kam für sie nicht in Frage.

„Wo ist Tula?" Sie grinst schuldbewusst: „Komm mal mit!" Raschenka geht mit ihm in das hinterste Eck des Bunkers. Coira wackelt hinterher.

„Igitt, das stinkt", ruft die Kleine. „Deshalb habe ich ihn heute Morgen weggebracht, es ging nicht anders."

Torin ist traurig, macht aber das Eck wieder sauber.

Irgendwann müssen sie auch die Weithalsfässer, in denen sie ihre Hinterlassenschaften der letzten 5 Jahre untergebracht waren, aus dem untersten Keller entsorgen. Aber das hatte Zeit.

Zum Mittagessen macht sie drei Dosen Currywurst auf, die laut Herstellerangaben 10 Jahre haltbar waren.

Danach beginnt sie mit dem Unterricht für Coira. Eine Stunde Mathe und eine Stunde Deutsch für den Anfang. In vier Wochen dann noch Englisch und History. Die Kleine muss wissen, was vorher war. Aber alles in der tiny habit Methode. Kleine Schritte große Wirkung.

Torin geht derweil auf Aussichtsposition und sucht die Gegend in allen Richtungen ab. Trotz der großen Hitze hat er sich eine Schildmütze und lange, luftige Sachen angezogen. Er wollte keinen neuen Sonnenbrand bekommen. Der Himmel ist blau, der Wind schiebt Schäfchenwolken in neue Positionen. Torin schaut gerne dem Spiel am Himmel zu, er weiß mittlerweile aber auch, dass die beschaulichen Wolken die Vorboten für Regenwetter bedeuten. Erschreckt schaut er erneut in den Himmel. So ein Geräusch hat er nicht auf den Schirm.

Zwei schnatternde Enten fliegen vorbei. Torin erschrickt und schaut den beiden Vögeln nach, bis sie am Horizont verschwinden.

Am Abend rattert plötzlich das Morsegerät. -- . .-. ... .. -. -.. ... .- -. -.. .-- --- .-.. . -... . -. ... . Es dauert einige Zeit, bis Raschenka den Text entschlüsselt hat. „Was bedeutet das jetzt?", fragt Torin. „Das bedeutet, dass es noch mehr Überlebende gibt." Dann kam ein GPS Code. ....- ----. ....- -.... .----. ...-- ----. .-.-.- ----- -. .- -- ----- ----- ----. .----. ..--- ..... .-.-.- --... . ....- ----. .-.-.- -- -... --... --... ....- ----. --... --..-- .---- ----- .-.-.- .---- ..... -... .---- ....- ...— Eigentlich sollte das noch klappen. Die Entschlüsselung bringt Raschenka an ihre Grenzen. 49°46'39.0"N 10°09'25.7"E 49.777497, 10.157143. Da muss sie eine Landkarte raussuchen. Dann morste sie zurück. -- .. .-. ... .. -. -.. --.. ..- -.. .-. .. - - --..-- ..- -. ... . .- . . -. ... - .- -. -.. --- .-. - -- -.-. .... - . -. .-- .. .-. -. .. -.-. .... - .-- .-. .- .. .. --. . -... . -. .-.-. -

Wir sind zu dritt, unseren Standort möchten wir nicht preisgeben.
Verstehe. Wir sind zu fünft. Zwei Männer, zwei Frauen, ein Kind.

Seit ihr Prepper oder zieht ihr weiter? Wir bleiben in Kontakt.

Wir sind Prepper und wollen hierbleiben.

Wie habt ihr überlebt?

Wie überleben Prepper?!

Bis morgen.

Klugscheißer, denkt Raschenka und legt sich schlafen.

Beim Frühstück erzählt Torin von den Vögeln, die er gesehen hat. „Ja, ein Vogel hatte einen grünen Kopf!"

„Das waren Stockenten!" „Kann man die Essen?" Raschenka lacht und Coira kichert heraus, dass er nur ans Essen denke. "Wobei was Frisches wäre mal nicht schlecht", erwiderte Raschenka. Sie dachte über ihre Worte nach und es wäre wirklich mal gut, wieder einmal frisches Fleisch zu essen. Sie wusste da noch nicht, dass es mit dem Fleischessen bald soweit sein würde.

„Du musst heute mal die Heckler & Koch reinigen!" Raschenka sucht sämtliche Waffen des Bunkers zusammen. Neben dem Heckler & Koch, hatten sie noch ein Smith & Wesson Governo Schrot Kal. 410/2 ½, eine Waffe, die speziell für Nicht-Schützen entwickelt wurde. Mit dem Revolver wollen sie nur Grobschrot verschießen. Den hat sie für die kleine Coira gedacht. Ihre kostbarste Waffe war ein Baron Bockdrilling mit Schrot und Kugel. Für das STG 97 hatten sie nicht mehr viel Munition. Zwei Steinschleudern mit Stahlkugeln lagen auch im Regal, dazu dann noch zwei Pistolen und eine Pumpgun.

Draußen prasselt der Starkregen auf das Geröll, das sich neben ihren Bunker aufgetürmt hatte. Ihre beide Kinder spielen Mau-Mau, ein Kartenspiel aus früheren Zeiten. Zeiten, an die sich gerade auch Raschenka erinnert. Sie liegt auf ihrem Bett und sieht im Geiste ihren Ex-Mann, der bei Unruhen der Gelbwesten 2035 ums Leben kam.

Sie heiratete ihn 2029 mit erst 20 Jahren. Es war Liebe auf den ersten Blick. Ihrer Mutter, der erfolgreichen „Self-Made-Women" Unternehmerin, passte das gar nicht. Ein Jahr später kam Torin auf die Welt und Oma Karina freute sich dann, dass sie die Obhut über den Kleinen hatte. Raschenka arbeitete bei Lenhart in dessen meteorologischen Institut, wo Wettervorhersagen für große Firmen und Institutionen gemacht wurden. Nebenbei studierte sie noch Meteorologie, machte nach drei Jahren ihren Bachelor of Science und füllte dann, nachdem ihr klar war, dass die Welt in der Form nicht mehr lange existieren kann, mit Manne einen früheren Freund des Geschäftspartners ihrer Mutter, den Prepperbunker.

Das Morsegerät machte dadah dadadah didadit dididit dit, dadidadit dadadah dadidit dit.

Haben sie es sich überlegt wie und wo wir uns treffen könnten?

Habt ihr ein Fahrzeug?

Einen wasserstoff getriebenen ORV also einen „offroad vehicles"

Was für eine Farbe

Rost

Arschloch, dachte Raschenka.

Ich melde mich. Ende.

Sie war misstrauisch, mit einem ORV Geländebus war vor fünf Jahren Manne abgehauen.

Die Kinder quengeln „Dürfen wir raus, es hat mit dem Regnen aufgehört?" „Okay gehen wir raus, ich nehme

48

aber die Smith & Wesson Governo mit, damit Coira ein paar Schießübungen machen kann!"

Sie wischte sich den Schweiß von der Stirn und erklärte der Kleinen die Funktion der Schrotpistole.

Torin hat das Fernglas dabei und sucht die Gegend ab. Der Himmel am Horizont ist tiefblau. Seit langem hatten sie nicht mehr eine so gute, frische Luft eingeatmet. Raschenka genießt es tief durchzuatmen. „Passt mal auf. Wir machen jetzt ein paar Atemübungen. Das wird uns guttun."

Nach dem Atmen kam das Ballern. Da die Governo einen ganz geringen Rückschlag hat, macht es der kleinen Coira einen Riesenspaß mit dem Ding herum zu schießen. Dann sieht Raschenka plötzlich etwas schier Unglaubliches. „Was ist das, Mutti?", erkundigte sich Torin. „Das ist ein Löwenzahn, der da aus dem Geröll wächst!" „Kann man den essen?" „Ja. Wir lassen ihn aber noch ein wenig stehen!"

Raschenka will den Vollmond in ein paar Tagen ausnutzen, um zu den anderen zu gehen. Der von ihrem ermittelten Punkt, den die anderen über Morsezeichen durchgegeben hatten, lag nordöstlich von ihnen.

Nach drei Tagen war es soweit. Sie bespricht mit Torin was sie vorhat. Er sollte auf die Kleine und den Bunker aufpassen so lange sie abwesend war. „Pass aber bloß auf. Keine Lust, dich wieder irgendwo zu befreien!" „Hey Großer, mach dir keine Sorgen. Ich nehme das Heckler und Koch mit, einen Revolver, ein Messer und die Pumpgun. Zwei Feldflaschen Wasser sollten reichen."

Um 23 Uhr macht sie sich auf den Weg, der sich als sehr beschwerlich herausstellt.

Von weitem sieht sie einen hellen Schein vor sich. Sie nimmt das Nachtsichtgerät aus dem Rucksack, stellt die Optik ein und zoomt hin. Ganz deutlich erkennt sie ein Lagerfeuer und fragt sich dabei, wo die das Holz dafür geholt hatten. Das Auto erkennt sie sofort, es ist der ORV von Manne. Die hatten keinen Bunker, die lebten im ORV und davor. „Das sind keine Prepper, das sind Überlebende Nomaden", denkt sie und zieht sich wieder langsam zurück. Um zwei Uhr mitten in der Nacht ist sie wieder im Bunker. Sie schließt von innen ab und legt sich schlafen.

„Mutti, steh auf, draußen laufen Leute herum!" Schlaftrunken schleicht sie zum vorderen Eingang und schaut durch den Spalt nach draußen. Sie sieht zwei Männer und eine Frau. Die Waffen, die sie dabeihaben, sehen selbstgemacht aus. Speere, Bogen und Pfeile. Einer der Männer hat ein Beil. Sie hat keine Lust auf eine Auseinandersetzung. Anscheinend haben die drei den Bunker noch nicht entdeckt. Jedenfalls ziehen sie sich nach einer Weile wieder zurück. Besser gesagt, sie stolpern durch das ausgetrocknete Flussbett des Mains auf die andere Seite. Sie holt das Leica Fernglas mit der 20-fachen Vergrößerung. Das Glas zeigt die Entfernung zum Objekt genau an. Sie steigt die Leiter zum Notausstieg hoch - der höchste Punkt des Bunkers. Sie sucht die Richtung ab, in der die drei gegangen waren. Es dauert nicht lange und sie hat die Gruppe wieder auf dem Schirm. Anscheinend ist die Frau in irgendetwas hineingetreten. Jedenfalls hat sie ihre Arme auf die Schultern der beiden Männer gelegt, die sie nun mehr recht als schlecht durch das Gelände schleppen.

„Mutti, wann essen wir was, ich habe Hunger und Coira auch!" „Okay, schneide im Keller Pilze, aber nur die Kräuterseitlinge und ein paar Sprossen, egal welche. Ich setz Wasser für die Dinkelnudeln auf." Wie lange wohl das Gas noch reichen wird? Egal, heute muss es mal sein. Nach dem Kochen der Nudeln setzt sie eine Pfanne auf, Olivenöl hinein und dann Pilze und Sprossen anschwitzen, mit Paprika und Curry abstauben, Leberwurst aus dem Glas dazu und die Nudeln hineinschütten. Ein leckeres Essen. „Können wir raus?" „Nein, Coira muss noch lernen, aber zuerst wird gespült und abgetrocknet. Wir müssen auch wieder einmal alles hier durchkehren. Das könntest du doch machen. Danach könntest du auf den Beobachtungsposten klettern. Du darfst das Leica Fernglas nehmen."

Dadadah didadit, das Morsegerät ging.

Haben sie CB-Funk

Ja, aber schon lange nicht mehr angeschaltet.

Können sie uns helfen?

Was ist passiert?

Meine Frau hat sich wahrscheinlich den Unterschenkel gebrochen

Oje

Können sie uns mit Verbandsmaterial und eventuell Schmerztabletten aushelfen?

Haben sie keine

Würde ich sie sonst darum bitten?

Arschloch, dachte Raschenka

Sie haben mich belogen

Wieso?

Sie sind keine Prepper, sie sind Nomaden

Woher wollen sie das wissen?

Ich habe sie beobachtet

Sie waren das

Der Bus war mal meiner

Also, helfen sie uns jetzt?

In einer Stunde am Geröllhaufen der ehemaligen Nordbrücke

Danke.

„Torin, weißt du, ob wir einen Kanister Super im Lager haben?" „Ja, da sind noch genügend unten!"

„Hol mal einen, wir müssen das Motorrad auftanken!" Sie schmiss ein Tütchen Scherztabletten aus dem Magazin und einen Eimer Fibercast Gipsverband in die Seitentasche des KTM. Zwei Pistolen und eine Trinkflache schnallte sie sich um. Sie sah aus wie Lara Croft, auf jeden Fall so verschwitzt.

„Torin, hast du eigentlich vorhin etwas entdeckt?" „Ja, die Enten sind wieder vorbeigeflogen!"

Es ist nicht mehr so heiß als Raschenka losfährt. Sie kommt auf dem Weg zu den Morsejüngern an der Stelle vorbei, wo sie mit den Cyborgs gelagert hatten. Der Hänger mit dem Solarmodel stand immer noch da und einige von den Mischwesen, lagen, durch die Hitze schon ziemlich verwest, auf dem harten Lehm. Ihre künstlichen Bauteile wurden nicht mehr mit dem nötigen Strom versorgt und deshalb hatten sie den Geist aufgegeben. Sie fährt weiter und sieht dann auch bald den ORV. Ein Mann steigt aus und kommt auf sie zu. Sie zieht eine Pistole und ruft, dass er stehen bleiben soll. „Nimm die Hände hoch! Hast du eine Waffe?" Der Typ lacht. „Wenn ich wollte, wärst du jetzt schon tot!" „Echt?" „Aber bringt ja nix, vielleicht können wir dein Vertrauen gewinnen." „Wie heißt du?" „Sag Mo zu mir." „Deinen richtigen Namen!" „Lass es, hast du alles

dabei?" „Komm her!" Sie tritt ein paar Schritte zurück.
„Hinten links in der Tasche!" „Danke. Bis demnächst!"

Raschenka gibt Gas. Sie ist immer noch ganz aufgeregt,
als sie am Bunker ankommt.
Nach fünf Jahren Einsamkeit und kurzer Gefangenschaft bei den Cyborgs hat sie heute einen echten
Menschen getroffen! Es beginnt wieder zu regnen und
sie legt sich schlafen.

Torin hat Frühstück gemacht, Tee, Knäckebrot, Haferflocken eingeweicht in Wasser mit Milchpulver und
Zucker, Schokocookies und Käse in Plastikummante-
lung stehen auf dem Tisch. Die kleine Coira weckt Raschenka mit einem Kuss auf ihre Wange. „Aufsteee-
hen", kräht sie und zieht ihr dabei die Decke weg. Torin
gibt seiner Mutter während des Frühstücks einen Fetzen
von der Morserolle. Nach dem Dechiffrieren der Nach-
richt von Mo ist sie bestürzt. „Wir haben keine Papier-
streifen mehr für den Morseschreiber!"
Raschenka fragt ihre beiden Kinder, ob sie Lust hätten
andere Menschen kennenzulernen.

Leichtbewaffnet fahren sie mit der KTM los. Es nieselt
noch leicht und Raschenka muss aufpassen, dass sie mit
dem Motorrad nicht wegrutscht. Am Geröll der Nordbrücke muss sie die KTM ein Stück über die Steine hieven. Nach einer halben Stunde Fahrt sind sie da.

Das Lager besteht aus dem alten Bus, der einmal ihr gehörte, und einem zusammengezimmerten Holzhaus. Mo und die anderen beäugen die drei misstrauisch. Mit dem Sturmgewehr, Torin mit der Pumpgun und Coira mit der Schrotpistole. Erinnerungen an frühere Steampunk-Verkleidungen für ein Fotoshooting kommen Raschenka in den Kopf.

„Was wollt ihr?" „Hallo sagen, wir sind ja Nachbarn. Hier ich habe euch was mitgebracht. Morsepapier und unsere letzte Dose Schokocookies, bisschen Milchpulver und ein paar Dosen Currywurst" „Kommt her, ihr braucht keine Angst zu haben, dass wir euch was tun. Wir sind froh, dass wir überlebt haben. Wäre schön, wenn wir uns öfters treffen könnten. Wollt ihr was trinken? Wir haben aber nur abgekochtes Wasser zu bieten." Raschenka zieht einen Karton mit Teebeuteln aus den Packtaschen und gibt es der Frau mit dem eingegipsten Bein. „Danke!", hört sie dann im Chor.

„Also, das hier ist Arlo, Cora, Edie und der Kleine heißt Belfin!" „Hi, Hi, Hi, ja und das sind meine Kinder Torin und Coira. Wir leben seit mehr oder weniger sechs Jahren in einen Bunker. Wo kommt ihr her, wie habt ihr überlebt?" Während Arlo zu erzählen beginnt, fangen Belfin und Coira an zusammen zu spielen.

„Wir haben uns in einem alten Gipsstollen, aus der Zeit um 2020, mehr aus Zufall getroffen, du siehst ja, wie wir aussehen. Wir stinken und haben keine Klamotten mehr. In dem Gipsstollen waren viele Menschen. Wir waren so ziemlich die Letzten, die dort Zuflucht fanden. Notgedrungen mussten wir uns ziemlich am Anfang des Stollens aufhalten. Was wahrscheinlich unsere Rettung war. Es gab viel Streit und Gewalt. Wir saßen angstvoll am Bunkerrand, beim ersten Surren und Krachen sind wir herausgerannt. Dann ist der Stollen eingestürzt und wir waren die Einzigen, die sich retten konnten. Glaube ich zumindest." „Woher habt ihr den Bus und fährt der noch?" „Ja, er fährt noch, ist ja ein Wasserstoffauto. Er stand vor dem Stollen und wir sind mit ihm weggefahren, als dieser einstürzte."

Raschenka hatte jetzt Gewissheit, Manne war tot. Sie schnauft tief durch und fragt in die Runde: „Wollt ihr vielleicht neue Klamotten? Ich habe da so eine Quelle, wo man welche bekommt. Wenn ja, dann fahrt mir einfach nach. Wisst ihr, was für einen Monat wir haben? Oder habt ihr andere Neuigkeiten, die man wissen sollte?" „Sollte November sein", vermutet die abgemagerte Edie mit ihren schönen roten Haaren. „Wo habt ihr früher gewohnt, also vor dem Knall?" „Cora und ich wir stammen aus dem Dreckslager „Endeavour" in Nürnberg, von daher sind wir einiges gewöhnt. Ich glaube, deine Kleine habe ich dort auch schon einmal gesehen. Sie holte immer Wasser für ihre Oma. Kann mich aber auch täuschen."

Mo machte eine Pause, dann erzählte Arlo, dass er früher selbstständiger Winzer in Iphofen war, aber nachdem er 2038 seine letzte Weinlese hatte und es keine richtigen Trauben mehr zum Ernten gab, machte er sich als Brunnenbohrer selbstständig. Zuletzt baute er ein Jahr lang in dem Gipsstollen bei Hüttenheim mit, um ein bestimmtes Kontingent an Menschen zu retten.

Raschenka schlägt vor, dass Arlo und Cora ihr mit dem Bus folgen sollten. Coira könne ja hierbleiben und mit dem 9-jährigen Belfin spielen.

Raschenka nimmt Coira den Schrotrevolver ab, steigt auf ihre Maschine und startet den Motor. Torin hält die Pumpgun im Anschlag und sie fahren los. Direkt am ausgetrockneten Flusslauf des Mains gab es eine holprige Stelle, wo Arlo den Bus mit großem Geschick durchfahren konnte. An ihrem, von unten nicht sichtbarem Bunker, geht es weiter Richtung Süden.

Torin steht Wache, er hat die Pumpgun gegen das alte Sturmgewehr eingetauscht. Es nieselt immer noch leicht.

Raschenka, Arlo und Cora schaufeln Sand. Nach einer halben Stunde schmeißt Arlo plötzlich die Schaufel weg und schreit voller Frust, was sie denn hier machen würden, es hat doch eh alles keinen Sinn mehr. Raschenka nimmt ihn in die Arme und erklärt ihm, dass es immer einen Ausweg gibt. 30 Minuten später kommen sie endlich zu den brauchbaren, noch verschlossenen Kleidersäcken. Zwei Stunden lang wühlen sie dann in den Klamotten und laden sie ein. Für sich und ihre beiden Kinder hatte Raschenka auch noch etwas Passendes gefunden.

Torin merkt es fast zu spät, aber er kann noch reagieren. Vier Hunde hetzen zähnefletschend auf ihn zu. „Sie haben nichts gelernt!", denkt er und legt an. In einer Minute erschießt er alle vier Hunde, den Letzten, als er gerade zum Sprung ansetzte.

Arlo ist der erste, der aus der Halle kommt. Er staunt und rennt wieder zurück zu den beiden Frauen. Sichtlich erregt ruft er Cora zu, dass es heute Abend gebackene Leber geben wird.

Raschenka und Cora schauen sich fragend an, während Torin einen kleinen Hund streichelt. Es ist das kleine Tula und diesmal wollte er sie nicht mehr hergeben.

Vollgeladen brechen sie zur Rückfahrt auf. „Morgen müsste jemand die Beleuchtung im hinteren Kellerabteil reparieren!" mahnt Raschenka bei der Rückfahrt.

Schon lange mussten sie auf frisches Fleisch verzichten. „Wollt ihr die wirklich essen?" „Logo, ihr seid eingeladen in drei Stunden steht das Gulasch auf dem Tisch! Die Leber brate ich extra. Salz wäre nicht schlecht, wenn du hast!" sagt ein strahlender Mo. „Meine Eltern hatten früher eine Metzgerei!" „Wann musstet ihr aufhören?" „Das war schon 2029. Meine Eltern konnten den Strom und das Wasser nicht mehr bezahlen. Sie

begingen dann Selbstmord und Cora und ich wanderten ins Lager Endeavour in Nürnberg. Es war grausam."
Rascheka düst zurück in Ihren Bunker, packt Paprika, Salz und Pfeffer ein und rattert wieder zurück zu den Anderen.

„Das ist ja cool, gibt es irgendetwas, das du nicht eingelagert hast?" „Ich habe fast fünf Jahre mit zwei Typen den Prepperbunker eingeräumt. Es hat ein Vermögen gekostet. Mein ganzes Geld habe ich investiert und Schulden habe ich gemacht. Der Eine von den beiden ist dann nach Kanada und der Andere ist mit meinem, jetzt deinem Bus abgehauen. Vielleicht wäre es besser, wenn ihr euch mal überlegt, ob ihr nicht bei mir am Bunker euer Lager aufschlagen wollt. Gemeinsam sind mir bestimmt stärker."

Das Gulasch schmeckt ganz gut, so nach einer Mischung aus Rind und Reh. Auf die Leber verzichtet Raschinka. Mo meinte, dass noch bis 2020 auch in der Schweiz, China und Korea Hunde verspeist wurden. Für die Kinder hatten sie drei Dosen Currywurst warm gemacht. Schon praktisch mit so einem offenen Feuer.

Es ist schon spät, als sie sich auf den Weg machen. Die kleine Töle Tula springt freudig nebenher.

Am nächsten Tag regnet es wieder stärker. Torin schaut nach dem Löwenzahn. In einem Kräuterbuch seiner Mutti hatte er ein Rezept für Löwenzahnsalat gesehen. Mit seinem Messer, das er immer bei sich trug, erntet er den Löwenzahn, der mittlerweile zu stattlicher Größe herangewachsen war. Zweimal mit lauwarmem Wasser waschen. Abtropfen lassen. Öl, ein paar Tropfen von der verdünnten Essigessenz, Salz, ein bisschen aufgelöster Kristallhonig und fertig war das Dressing für einen gesunden Salat. „Hast du gut gemacht!" lobt ihn seine Mutter, „Vitamine sind wichtig für uns."

Es regnet weiter. Mal stärker, mal schwächer. Aber es hört nicht mehr auf. Von ihren neuen Freunden hören sie nichts mehr. „Schon sehr seltsam, dass man von den Fünfen nichts mehr hört und noch seltsamer ist das Regenwetter."

Es sollte noch länger regnen. Nach fünf Wochen lässt der Regen etwas nach. Sie gehen dann hinunter zum Flussbett des Mains, um Löwenzahn zu sammeln und dort sehen sie, zu ihrem großen Erstaunen, dass sich ein kleines Rinnsal gebildet hat.

Torin hatte seiner Mutter von den Eichenbäumen erzählt und der Quelle dort. Zu dritt machen sie sich am nächsten Morgen gut bewaffnet auf den Weg. Raschenka, die erfahrene Kämpferin und Torin mit seinen unkontrollierbaren Fähigkeiten. Dazu Coira mit ihrer Schrotpistole. Nach drei Stunden Fußmarsch über sehr holpriges Gelände waren sie da. Tula hüpft vergnügt nebenher.

Raschenka inspiziert die Quelle mit kritischem Blick. Es sei nichts besonders, sagt sie zu Torin, aber vielleicht könnten sie das Wasser hier noch einmal gut gebrauchen, wer weiß.

„Was ist das?" fragt die kleine Coira. Raschenka und Torin hören es auch. Zuerst ein sich wiederholendes Kix und dann ein schnelles Trommeln. „Das ist ein Buntspecht, ein Vogel, der mit seinen Schnabel Löcher in abgestorbene Bäume klopft!"

Dann machen sie sich wieder auf den Heimweg. Sie marschieren dabei über den ehemaligen Golfplatz, auch hier ist alles zerstört. Nur ein großes, grün angestrichenes Tor, von bestimmt acht bis zehn Meter Höhe, stand einsam herum.

Als sie aus dem Flussbett des Maines wieder nach oben kletterten, sehen sie Menschen, in der Nähe ihres Eingangs herumstehen. Durch das Fernglas sieht Raschenka fünf erwachsene Personen. Ein dunkelhäutiges Pärchen wurde getreten und geschlagen. Sie sind gefesselt. Dann wird den beiden eine Schlinge um den Hals gelegt.

Raschenka lässt ihre beiden Kinder ebenfalls durch das Glas schauen. Dann erklärt sie, was zu machen ist. Coira soll mit Tula im Flussbett in Deckung bleiben, bis sie wieder abgeholt würden. Raschenka und Torin nehmen ihre Waffen und schleichen hinter dem Geröll bis unmittelbar vor ihren hinteren Eingang. Die Gruppe hatte sich aber schon in Bewegung gesetzt. Es sind zwei Männer und eine Frau und die zwei Gefangenen.

Der offenbare Anführer der Gruppe sagt, dass sie die beiden am nächsten Baum aufknüpfen werden. „Wir brauchen kein schwarzes Gesochse!" Die Frau jammert und weint. „Halt dein Maul!" schreit der Andere und tritt nach ihr. Plötzlich Hundegebell und Coiras Stimme, die nach Tula schreit. Die Leute am Hügel schauen verdutzt und sehen jetzt auch Raschenka. Zu spät, sie hatte bereits anvisiert, die zwei Männer und die Frau fallen sofort tot um. Torin braucht nicht mehr zu schießen. Raschenka denkt kurz nach, aber es ging leider nicht anders. Schuld kann nicht unser Markenkern sein. Was muss das muss.

Als sie näherkommen, zittert das Paar wie Espenlaub. „Hol deine Schwester", sagt sie zu Torin. „Sprecht ihr deutsch?" „Hallo, freilich sprechen wir deutsch, wir sind Deutsche." Sie schneidet die Fesseln des Mannes auf und sagt zu ihm, dass er die Leichen auf einen Haufen legen soll. Dann geht sie mit der Frau ein Stück um die Ecke des Gerölls und sperrt den Stollen auf. Mit zwei Kabelbindern fesselt sie die Frau an ein Gerüst. Diese bekommt große Augen beim Anblick der großzügigen Einrichtung des Stollens. Dann holt sie einen Spaten und eine Schaufel aus dem hinteren Bereich und geht hinaus zu dem Mann, der gerade fertig ist. „Wo ist meine Frau?" „In Sicherheit. Wie heißt du und wo kommt ihr her?" „Aus Mainbernheim, wir waren im Keller der Kirche, dann sind die gekommen und haben den Pfarrer ermordet und uns mitgenommen. Mein Name ist Billy und meine Frau heißt Osuna!"

Billy erzählt, dass er 32 Jahre alt ist. Er ist etwa 1,86 Meter groß. Seine Glatze trägt er voller Stolz. Sein Gesicht ist voll und rundlich. Seine braunen Augen glänzen und leuchten voller Tatendrang. Volle Lippen, breite Stubsnase sowie der Dreitagebart prägen sein Gesicht entscheidend. Hätte er sein Shirt ausgezogen, könnte Raschenka seinen durchtrainierten stählernen Körper bewundern.

„Okay, grab ein großes Loch für die Leichen. Am besten dort unten am Ufer des vertrockneten Mains. Wenn alles erledigt ist, gibt es was zu essen und ihr könnt bei uns übernachten.", erklärt Raschenka.

Durch den vorderen Eingang kommen dann Torin und Coira, deren blaue Augen immer schreckhaft leuchten, mit Tula in den Stollen. Raschenka schneidet Osuna die Fesseln durch. „Billy vergräbt die Leichen, Torin willst du ihm vielleicht helfen? Coira, du bleibst hier!"

Osanas mandelförmige Augen, die umrandet sind von dichten, dunkeln Wimpern, blitzen hellbraun aus ihrem bildhübschen Gesicht. Ihre Haare sind ganz kurz, mehr rasiert als geschnitten. Sie hat einen sehr weiblichen Körper mit schönen Rundungen. Der schwarze enganliegende, etwas zerrissene, Pulli und die schwarze Hose, die auch aus einem elastischen Material sein musste, mit den weißen Seitenstreifen, standen ihr sehr gut. Vom schwarz der Chucks war vor lauter Dreck nicht mehr viel zusehen. Sie sah trotzdem irgendwie makellos aus. Sie sei 26 Jahre alt, sagte sie, noch immer zitternd. Als sie sich schnäuzte, fiel Raschenka der goldene Ring am Mittelfinger ihrer rechten Hand ins Auge. Sie schaute Osana fragend an und sagte zu ihr, dass sie mal erzählen sollte wo sie herkommen und wie es Ihnen so ergangen ist. Es wäre ja doch außergewöhnlich, dass sie so überleben konnten.

„Es haben viele überlebt. Es sind aber auch viele davon gestorben. Wir studierten ja beide in Würzburg. Nach dem Untergang, den wir im Mainfrankenpark in einem großen Betonrohr erlebten, haben wir uns nach Mainbernheim durchgeschlagen. Wir wurden dabei immer wieder in brutale Kämpfe, jeder gegen jeden, verwickelt. Konnten uns aber immer einigermaßen heraushalten. Recht und Gesetz waren vom ersten Tag nur noch blasse Erinnerungen. Marodierende Horden machten unsere Überlandreise zum todbringenden Abenteuer. Trotzdem schafften wir es nach Mainbernheim. Ein Einheimischer, der nach herumirrenden Personen suchte, half uns dabei. Doch auch er wurde umgebracht. Das waren Teufel, auch die Frau!"

„Okay, dann haben wir ja doch mit der Liquidation die richtige Entscheidung getroffen!"

„Ich möchte Billy helfen, geht das?" „Natürlich geht das!"

Der Regen wird wieder stärker und die Dunkelheit gewinnt die Oberhand. Billy kommt herein und zeigt ein golden schimmerndes Mineral von der Größe einer

Walnuss. „Was kann das sein?" „Keine Ahnung, ich lege es mal hier aufs Regal!", sagt Raschenka und widmet sich der Essenszubereitung.

Vier Stunden vergingen, bis sie sich dann das Abendessen schmecken lassen konnten. Raschenka macht den Inhalt von vier Dosen Ravioli warm und verteilt sie in die Teller. Dazu reicht sie die restlichen Dinkelfladenbrote und aus dem Löwenzahn hatte sie noch einen Salat nach Torins Rezept gemacht. Billy und Osana hauen rein wie die Scheunendrescher.
„Was habt ihr denn in Würzburg studiert?" „Also, erstmal vielen Dank für unsere Rettung, das werden wir euch nie vergessen. Danke auch für das vorzügliche Mahl. Wir hatten schon seit drei Tagen nichts mehr gegessen. Ich habe Kommunikationstechnik studiert!", sagte Billy, noch sichtlich von den Ereignissen übermannt, „und ich Kommunikation Wissenschaft. Aber es gab ab 2043 keine Vorlesungen mehr. Die Uni war geschlossen worden. Wir fanden eine Arbeitsstelle bei der „Zivilen Sicherheit". Mit unseren Fähigkeiten waren wir gesuchte Leute. Wenn ich mich nicht täusche, habe ich Sie auch ein paarmal in der Mensa gesehen!"

Raschenka schlug die Augen auf: „Kann sein. Ich habe dort auch ein paar Vorlesungen besucht. Sag aber einfach du zu mir, ich bin die Raschenka. Apropos Fähigkeiten, wir haben hier einen Weltempfänger, ein Funkgerät, ein Morsegerät und den TV dort. Vielleicht könnt ihr euch morgen da mal drüber machen. Waschen könnt ihr euch da vorne an der Pumpe. Das Wasser ist leicht salzig. Kommt von einer Solequelle, die wir angebohrt haben. Denkt euch nichts dabei. Kommt mal mit, ich zeige euch, wo ihr schlafen könnt. Hier auf den Matten müsste es für eine Nacht gehen. Morgen können wir ein großes doppeltes Feldbett zusammenbauen. Ich habe im Moment nur das eine. Voraussetzung ist natürlich, dass ihr noch länger hierbleiben möchtet." Raschenka kam nach einigen Minuten wieder herein bepackt mit Decken." Hier, die könnt ihr auch als Kopfkissen benützen. Wenn das so ist, müsst ihr euch dann auch bei uns nützlich machen. Wir kämpfen auch ums Überleben. Bei Gelegenheit was Saftiges zu Essen fangen, dann sind wir quitt oder den Radio wieder in Gang bringen. Sofern auf der verschissenen Erde noch irgendjemand sendet. Klamotten haben wir hier, wenn ihr was braucht. Die Toiletten sind am Ende des Stollens. Vorsicht beim Draufsteigen."

Billy und Osana bekommen große Augen und bedanken sich. Raschenka geht zu ihren Kindern. Die kleine Coira fragte, ob die beiden hierbleiben würden. Torin freut sich. „Dann kann ich endlich die stinkenden Weithalsfässer mit Billy ausleeren."

Billy kuschelt sich unter die Decke zu Osana. Es ist lange her, dass er sich so glücklich fühlte. Die Betten knarzen und Osana schreit ihre Lust in die Nacht. Es ist beiden egal. Sie leben wieder.

Am nächsten Morgen vor dem Frühstück bei der Morgentoilette, frage Torin seine Mutter, ob es unbedingt nötig gewesen war, die Drei zu erschießen. „Die wären bestimmt weitergezogen", „Und hätten dann Billy und Osana getötet! Ich habe das bestimmt nicht gerne gemacht, aber du hast ja selber schon gemerkt, dass es manchmal nicht anders geht. Die Zeiten haben sich geändert, die verbleibende Menschheit ist in eine Art Steinzeit zurückversetzt worden. Mir müssen weiterhin misstrauisch bleiben. Wir sind jetzt erst einmal zu fünft, mal schauen, wie es weitergeht. Mach mal Frühstück. Tee und Haferflocken, das muss erstmal reichen."

„Wo sollen wir denn die ganze Scheiße auskippen?",

„Wir schauen dann mal. Ich habe jetzt noch eine grundsätzliche Erklärung für euch alle. Die Nahrungsmittel, die ich eingelagert hatte, waren für drei Personen für 15 Jahre gedacht. Fünf davon sind bereits Geschichte. Da wir euch beide nicht davonjagen wollen, sind wir jetzt zu fünft und die Nahrungsmittel, die wir haben, reichen demnach noch für vielleicht sechs Jahre. Also bitte Zurückhaltung beim Essen, nichts verkommen lassen und versuchen, neue Nahrungsmittel-Ressourcen zu finden. Außerdem dankt es uns die Bauchspeicheldrüse, wenn wir am Tag nur zwei Mahlzeiten zu uns nehmen. Okay. Lasst uns nach oben gehen und schauen, wo wir unsere Fäkalien ausbringen können." Billy hebt die Hand: „Darf ich was dazu sagen? Wir sollten sie großflächig ausbreiten und dann mit dem Spaten umgraben!" „Gute Idee, lasst uns gehen!"

Sichtlich am meisten Spaß beim „Landgang" haben Coira und Tula mit dem Stöckchen werfen.

Es regnet jetzt bereits seit sechs Wochen. Billy und Torin brauchten für eine Tonne immer einen Tag.

Osana hat mit dem Kochen angefangen und versucht danach mit dem Weltempfänger irgendeinen Sender zu finden. Raschenka hält Wache und raucht nach sechs Jahren das erste Mal wieder eine Zigarette. Torin hat sie mit einem Feuerzeug in der einen Jacke der getöteten Männer gefunden. Die Klamotten, die Ausweise, Schuhe und alles andere, was die drei dabeihatten, verbrannten sie während einer Regenpause in einem Feuerkorb. Darüber machten sie in einem gusseisernen Kessel vier Dosen weiße Bohnen in Tomatensoße warm. Es schmeckte vorzüglich.

„Kann ich in eurem Keller ein wenig stöbern? Mir war so, als ob ich im untersten Stollen eine Speichereinheit für 20,4 kWh gesehen hätte." Nach einer Weile kommt Billy wieder angetrabt und fragt Torin, ob er ihm helfen könne den Speicher hochzutragen. „Er ist nicht betriebsbereit, wer will zuerst strampeln?" Abwechselnd setzen sie sich auf den Heimtrainer und reißen Kilometer um Kilometer herunter. Tula sieht dem Spektakel aufmerksam zu, als ob es sie groß interessieren würde, und stellt dazu dann und wann ihre Ohren auf. Billy fährt mit freiem Oberkörper, was Raschenka angesichts des durchtrainieren Powerbodys ziemlich unruhig werden lässt. Jedenfalls schaffen sie es, nach und nach den Stromspeicher zu füllen. Ob es was Dauerhaftes werden würde, wissen sie nicht. Aber Billy ist guter Dinge.

Durch den langanhaltenden Regen können sie immer öfter frischen Löwenzahn ernten. Raschenka hat eine Idee und fragt Billy und Osana, ob sie sich mit Saatgut bzw. Pflanzen auskennen. „Was hast du an Saatgut zu bieten?" fragte Osana. „Paprika, Getreide, Möhren und noch einiges mehr."

Sie entscheiden sich für den Weizen. Auf zirka einen viertel Hektar sähen sie den gesamten Inhalt des 50kg Sackes. „Vielleicht klappt es ja. Eine Vollkornmühle haben wir ja, wenn der Weizen was wird. Wenn es kein Winterweizen war, dann wird das sowieso nix. Aber versucht haben wir es wenigstens."

Billy und Torin gehen hinunter zum Flussbett des Maines. Tula strolcht hintennach. Unten staunen sie nicht schlecht. In der Schlechtwetterperiode war so viel Regen gefallen, dass aus dem Rinnsal ein kleiner Bach geworden war.

Es sollte noch weitere vier Wochen regnen, bis es langsam wieder sonniger und dadurch auch wärmer wurde. Löwenzahn konnte mittlerweile keiner mehr sehen. Aber der Tee schmeckte mit dem aufgefangenen Regenwasser besonders gut.

Den Hänger mit dem Solarmodul der Cyborgs hatten sie unter großer Anstrengung zum hinteren Eingang des Bunkers geschoben. Billy wird versuchen ihn zu reparieren. Raschenka und Osana fahren immer öfters zusammen mit dem Motorrad durch die Gegend und erkunden das umliegende Land. Das Einzige, was sie brauchen konnten, waren die herumliegenden Balken aus einem ansonsten zerstörten Sägewerk. Sie werden sie einzeln im Laufe eines halben Jahres mit dem Motorrad zum Bunker ziehen und in mühsamer Arbeit zu einer Schutzpalisade am vorderen Eingang aufbauen.

Von Mo, Arlo, Cora, Edie und Belfin hatten sie nichts mehr gehört. Schade, denkt Raschenka. Arlo hätte ihr gefallen.

Der Sommer 2047 war sehr heiß gewesen. Raschenka kam es so vor, als ob es noch heißer war als im letzten Jahr. Billy hatte die technischen Anlagen fast alle wieder in Gang bringen können. Die Schutzpalisade war fertig. Mit enttäuschendem Ergebnis wurde der erste Weizen geerntet. Strom hatten sie dank der gutarbeitenden Solarmodulen genug. Fernsehen blieb aber grieselig. Im Radio und mit dem Funk konnten sie nichts hören, anscheinend gab es keinen einzigen Sender mehr auf der Erde. Ihr Gemüseanbau war noch nicht optimal, aber sie lernten schnell, an was für Stellschrauben sie drehen mussten.

Billy und Osana wollen eine Gebetsstunde einführen. Raschenka lehnt ab. „Das könnt ihr in eurer Bude machen, aber nicht in den Gemeinschaftsräumen."

Sie beratschlagten, wie sie künftig gegen Eindringlinge, wie es Raschenka betitelte, vorgehen sollen.

„Ich würde sagen, dass wir eventuell einen Tauschhandel mit den Leuten machen sollten! Wie müssen trotzdem immer auf der Hut sein.", erklärt Billy. Raschenka ergänzt, dass nur Sachen getauscht werden, die sie selber hergestellt oder angebaut hätten.

Da sie mittlerweile auch fast das ganze Bekleidungslager leergeräumt hatten, meinte Osana, dass sie auch von den Bekleidungsstücken etwas anbieten könnten.

Der Main war wieder total ausgetrocknet. Torin streift mit Coira durch die komplett zerstörte Stadt, die im Sommer ein besonderes morbides Bild abgab. Bisher fanden sie dabei oft „brauchbare" Sachen, die Raschenka meistens gleich auf den Müll schmeißen wollte. Sie hatten keine großartige Müllhalde, darum wurde alles, was die beiden anschleppten, in ihren Zimmern gehortet. Unwillig akzeptierten sie die Botschaft der Mutter, dass nur ein Teil im Monat eingelagert werden könne. Aber heute bringen die zwei jeder eine unbeschädigte zweieinhalb Liter Flasche Whiskey von ihrem Streifzug mit. Raschenka stellt die Flaschen in den Vorratsraum. Am nächsten Tag geht sie mit den beiden und Osana zu der Stelle, wo sie den Whiskey gefunden hatten. Es war ein mühsamer Weg über die ganzen Steine, Rohre und Kabel. Das Kitzinger Käterle spitzt aus den Trümmern hervor. Es ist eine alte sagenumwobene Figur aus Stein gehauen. Hier muss das Rathaus gestanden haben. Durch das Geröll sehen sie weitere bunte Sachen blitzen. Nachdem sie ein paar weitere

Steine wegräumt hatten, finden sie noch mehrere, in Plastik verpackte, Zigarettenstangen. Dazu weitere Whiskeyflaschen und auch ein paar original verschlossene Coladosen. Sonst scheint alles kaputt zu sein. Alles wird gut verpackt und in den Rucksäcken verstaut.

Die Nacht ist klar und friedvoll. Raschenka überlegt, wie es weitergehen kann. Wenn die Situation nicht so wäre wie sie ist, könnte man von einer Idylle sprechen. Das war aber die Erde schon lange nicht mehr.

Raschenka konnte das lustvolle Stöhnen und Schreien von Billy und Osana nicht mehr hören. Sie sehnt sich nach einem Partner, hat aber die Hoffnung darauf fast verloren. Sie hatte drei Menschen erschossen. Schuldgefühle, Gewissensbisse oder Reue hat sie keine. Es war zum Schutz ihres Weiterlebens und das ihrer Kinder einfach notwendig gewesen. Zudem behandelten sie Billy und Osana schlecht. So war der Gedanke nicht die schlechteste Voraussetzung zum Weiterleben.

Coiras qualvoller Husten reißt sie aus ihren Gedanken. Sie kocht einen Kamillentee, füllt für Coira eine Schnabeltasse damit und nimmt sich auch selbst eine Tasse. Sie setzt sich wieder auf den Aussichtsposten und raucht zum warmen Tee eine Zigarette. Das tut gut!

Am späten Abend, sie will sich gerade zum Schlafen hinlegen, hört sie Geräusche. Sie holt das Nachtsicht-

gerät und sieht einen älteren Mann auf seiner Schind-
mähre auf sie zureiten. Er sieht so aus, als würde er das
Leid der Welt auf seinen Schultern tragen. Es war ein
Loner. Eine Szene wie aus einem Italo-Western früherer Tage, es fehlt nur noch die Mundharmonika-Musik.

„Hey, whats going on, man?" „Kannst du auch
deutsch?" Der Mann zuckt zusammen und fällt fast
vom Pferd „Logo! Wohin des Weges?" „Es geht ja nur
in der Nacht, am Tag ist es zu heiß!" „Das stimmt allerdings. Hast du genug zu trinken? Wenn du willst,
kannst du deine Flaschen bei uns vollmachen!"

Raschenka lässt an der Palisadenwand eine Leiter herunter und der Fremde steigt bedächtig hinauf. „Es wird
bald Herbst, noch ein paar Tage im September dann
kommt der Oktober. Wo kommst du her?"

Der Mann lächelt sie mit unbeschreiblich glänzend
schönen Augen an. „Ich hatte Glück und kam bei einem
Freund unter, der einen ähnlichen Bunker hatte wie du
oder ihr.Irgendwann ist er durchgedreht und hat mich
rausgeschmissen. Ich glaube, er hat sich erschossen.
Ihm fehlte seine Lieblingssendung im Internet. Also ich
meine, ihm fehlten die Pornoseiten. Ich hörte beim
Weggehen einen Schuss, aber ich kehrte nicht mehr zurück. Seitdem bin ich auf der Wanderung, immer am
vertrockneten Main entlang." Raschenka empfand Em-
pathie und auch ein bisschen Mitgefühl. „Wie alt bist
du?"Während sie fragte floss der warme Tee in die
Tasse. „Willst du dich waschen? Am besten bringen wir

erst einmal deinen Gaul zum hinteren Eingang." „Du wirst lachen", sagte der Mann beim Übersteigen der Leiter, „und es mir nicht glauben: ich bin erst zweiundvierzig." Raschenka musterte ihn mit einem ungläubigen Blick. „Ich bin 38. Egal, nimm die Zügel und folge mir, es wird ein wenig holprig, aber das schafft deine Klepper schon. Hier ist unser Gemüsegarten und dort an dem Zaun kannst du sie festmachen."

Er sah älter aus, abgemagert halt. Ungefähr 1,90 Meter groß. Verwilderte, leicht ergraute Haare, aber schöne leuchtende grüne Augen, die Raschenka bis aufs Mark durchdrangen. Er war unrasiert und roch nach Pferd. Kein Wunder bei dem Gaul, der genauso abgemagert war wie er. Seine sportliche Figur trug bestimmt dazu bei, dass er sich bis hierher retten konnte. Sie schätzte sein Gewicht auf höchstens sechzig abgemagerte Kilo. Die Klamotten waren eigentlich nur noch bessere Fetzen.

Raschenka deutet auf ein Gatter, das sie zum Trocknen ihrer Klamotten aufgestellt hatten. Während der Fremde sein Pferd daran festmacht, stöhnt er: „Danke, ich bin froh, dass ich wieder einmal einen Menschen treffe, noch dazu so einen Hübschen wie dich. Wohnst du alleine hier?" Raschenka fühlt sich geschmeichelt und fährt sich durch das sonnengebleichte Haar. „Nein, meine Kinder wohnen noch hier und ein befreundetes

Ehepaar. Wie heißt dein Pferd?" - „Zimtstern!" Raschenka muss lachen. „Nimm mal diesen Eimer dort mit hinein, dann kannst du ihn aus der Quelle mit Wasser vollpumpen und deinem Zimtstern hinstellen. Danach wirst du gewaschen."

Der Zinkzuber ist gut gefüllt. Das Wasser ist zwar kalt, aber das ist kein Problem. Alle, die bis zum heutigen Tage noch lebten, hatten viel durchgemacht und es machte auch dem Fremden bestimmt nichts aus, wenn er mit kaltem Wasser abgeseift wird.

„Zieh dich aus, mach schon. Wie heißt du eigentlich?", „Habe ich mich noch gar nicht vorgestellt. Eowyn, meine Eltern waren große Tolkien Fans!" Raschenka lacht erneut und fängt mit dem Einseifen an. Die geschmeidigen Berührungen des männlichen Körpers lassen ihr Herz schneller schlagen. Dennoch will sie die Waschung gewissenhaft erledigen und macht selbst vor der Säuberung seines Glieds nicht Halt. Schließlich war sie das von ihrem Sohn so gewohnt, der sich auch immer noch gerne von ihr waschen ließ. Eowyn bekommt eine Erektion, steigt aus dem Wasser und schlingt sich schnell ein Handtuch um die Hüfte. Leicht verschämt schaut er sie mit seinen großen, tiefliegenden grünen Augen fragend an und stottert: „Jetzt bist du aber auch dran." Raschenka lässt es geschehen. Sie fühlt sich wohl dabei, als er sie mit der Hand streichelt und genießt auch wie er sie zärtlich abtrocknet.

Es war mittlerweile schon fast zwei Uhr geworden. Gemeinsam leeren sie den Zuber aus und Raschenke fragt, ob er bei ihr im Bett mit schlafen möchte. Es sei nichts mehr anderes frei. „Höchstens, du nimmst eine Matte und legst dich zu Zimtstern ins Freie."

An Schlafen war in dieser Nacht jedoch nicht zu denken. Diesmal war es Raschenka, die laut stöhnte.

Am nächsten Morgen stellt sie dann Eowyn der kleinen Gemeinschaft vor. Torin schaut etwas unsicher über den Tassenrand hinüber zu Eowyn. Bleibt aber, so wie es bei ihnen mittlerweile Sitte war, höflich und freundlich. Irgendwie spürt er, dass sich etwas verändert hat. Die glasigen, strahlenden Augen seiner Mutter verrieten es ihm.

Sie fragen ihn aus. Wollen alles wissen, was in der leblosen Welt so vor sich geht. Als Coira vom Pferd erfährt, ist sie nicht mehr zu halten. Sie stürzt mit Tula und Torin in den schon fast gänzlich abgeernteten Gemüsegarten. „Zimtstern heißt sie!", ruft ihre Mutti ihnen nach.

„Wie hast du dich denn ernährt?" „Anfangs war ich ja noch in dem Bunker meines Freundes. Dann musste ich mich auf den Weg machen. Kennt ihr die Prepperkarte vom Untermain? Da konnte man, bei einzelnen Stationen, was zu Essen und auch zu Trinken bekommen. So ein neuartiges Work and Travel, wenn euch das was sagt. Bei Offenbach gibt es sogar eine Art Sklavenhandel. Also ohne Geld. Das gibt es ja nicht mehr. Die nehmen praktisch alles, was sie bekommen können. Mich wollten sie auch verkaufen, aber niemand wollte mich. Soviel ich jetzt dann mitbekommen habe, verkaufen oder tauschen sie, ganz wie du willst, nur noch Frauen und Mädchen." „Was wollen die als Gegenleistung?", „Zucker ist gut. Salz. Noch besser Zigaretten oder Alkohol, aber auch Waffen und Dope."

Raschenka überlegt kurz. „Ich würde gerne ein junges Mädchen für Torin kaufen. Meinst du, dass dies möglich ist?" „Willst du das wirklich machen? Habt ihr Waffen, man muss die Jungs auf Distanz halten, sonst kassieren sie dich gleich mit ein und verkaufen dich, so attraktiv wie du ausschaust." „Danke. Gibt es wirklich so viel Überlebende?", wollte Raschenka wissen. „Naja, Frankfurt war ja die letzte Bastion der Grünen Partei und die haben viele Bunker noch 2040 bauen lassen. Darum gibt es da unten noch so viele Menschen. Habt ihr einen fahrbaren Untersatz? Man muss da mindestens zu dritt sein, um so ein Geschäft abzuwickeln. Schnaps ist sehr kostbar. Für zwei Flaschen bekommst du ein ganzes Auto!" „Wir haben eine alte KTM. Benzin ist reichlich vorhanden." „Ihr müsst nach „dem Ewigen" suchen, der zieht die Fäden." „Den Ewigen, wer soll das sein?" Eowyn zuckte mit der Schulter. „Es ist ein alter Mann. Man sagt, dass er schon Mariupol miterlebt hat. Er hat einen langen grauen Bart und ebenso lange graue, eigentlich weiße Haare. Er ist so eine Art

Messias. Sein Wort ist Gesetz. Er versucht mit seinen Mitstreitern wieder etwas Struktur in den Alltag der Überlebenden zu bringen." „Ich werde es mir überlegen mit dem Mädchentausch. Bin mir nicht so sicher, ob es Torin gefällt, wenn ich mit einem für ihn fremden Mädchen ankommen würde. Aber schon interessant, was du erzählst"

Osana ist heute dran mit dem Mittagessen. Sie kocht Gemüsereis, der sehr gut schmeckt.

Raschenka zeigt Eowyn die Bekleidungskammer und bietet ihm an, dass er seine zerfetzten Sachen gegen was Neues tauschen könne. „Das wäre dein erster Job, mit Billy in die große, sandverwehte Halle zu gehen und nochmal nach Klamotten zu suchen und dann hierher zu bringen. Ihr müsst Waffen und Schaufeln mitnehmen. Es ist nicht ganz ungefährlich. Und bringt auch Unterwäsche mit!"

Mit großer Ausbeute kehren die beiden Männer Stunden später zurück. Eowyn war ganz stolz. Eine besondere Überraschung ist auch dabei: Aus einem alten Schiffsskelett, das im ausgetrockneten Flussbett des Maines dahinrostete, hatten sie die Schiffsglocke und das Steuerruder abmontiert und mitgebracht. Der Name „Luzia" war in die Messingglocke mit eingegossen worden.

Billy äußerst seine Befürchtung, dass die Essensvorräte rapide abnehmen. Da nimmt ihn Raschenka an die

Hand und führt ihn und Osana in den untersten Keller des Bunkers. Dort ist es dunkel und staubig. Außer Tula war hier schon ewig niemand mehr gewesen. Mit einem großen Schlüssel sperrt sie die schwere Holztüre auf, knipst das Licht an und zeigt auf die Kartons auf der linken Seite. „Das sind neuartige Epas. 2038 habe ich die günstig geschossen. Es waren einmal 5000 Pakete. Ich glaube Manne hat bei seinem Abgang ein paar mitgehen lassen. Rechts standen dann noch Kartons mit großen Konservendosen, deren Inhalt 5 Liter betrug. Alles Mögliche enthielten diese: Karotten und Sellerie gestiftelt. Erbsen und Karotten. Gurken, Nudelgerichte, Bohnen, verschiedenes Obst und vieles mehr. Die neuartigen Epas sind bei kühler Lagerung bis zu 20 Jahre haltbar."

Raschenka hatte damals die Epa artic gekauft. Sie sind gehaltvoller. 20 verschiedene Varianten hat sie eingelagert. Schweinegulaschtopf mit Nudeln, Hacksteak mit Kartoffeln und Gemüse, Reis mit Hackfleischsoße, Schupfnudeln mit Fleischbällchen, Erbseneintopf mit Mettwurst, Currywurst, Jägertopf mit Rind und Nudeln und so weiter. Epa war ursprünglich ein Verpflegungspaket der Bundeswehr, eine Tagesration für eine Person. Sie sind bereits mahlzeitengerecht portioniert. Also Frühstück, Mittagessen mit Dessert und Abendessen. „Komm, nehmt mal vier Pakete mit. Dann machen wir uns morgen mal einen schönen Tag mit Einsatzverpflegung und vielleicht noch eine der großen Ananasdosen."

„Raschenka, das war vorhin nicht böse gemeint, ich wollte nur damit sagen, dass wir unseren Anbau weiter intensivieren müssten." „Passt schon Billy, wir kriegen das hin. Ich weiß, dass du es nur gut meinst."

Die kleine Coira kommt angerannt und fragt, ob man die Eier des Pferdes essen kann. Raschenka muss herzhaft lachen, ein paar Freudenträchen kullern über ihre Wange. Sie erklärt der Kleinen, dass es keine Eier sind, die Zimtstern hinten verliert. „Das sind Pferdeäpfel, also das Kacka des Pferdes. Wir werden sie trocknen und dann als Bernnstoff verwenden. Nimm bitte die Schaufel und räum alles an den Rand des Weges. Danke." „Mach ich!" und weg war sie.

Zimtstern und Eowyn erholen sich Zusehens und die Zeit schreitet voran. Die Regenzeit war wieder angebrochen und bald war Weihnachten. Billy hat alles im Griff.
Sie haben jetzt wieder eine Uhr und wissen, was für ein Tag, mit welchem Datum ist. Nur im Fernsehen und im Radio war immer noch nichts zu sehen oder zu hören. Das ist aber alles kein Problem. Raschenka ist glücklich mit Eowyn, Billy und Osana sowieso. Coira liebt Zimtstern und Torin hat seine Tula.

Als Weihnachtsbaum holen sie sich bei der Oase am Nonnenbrünnlein einen schönen Ast einer Eiche. Er war beim letzten großen Sturm heruntergefallen. Sie schmücken ihn mit den leeren, von den Etiketten befreiten Currywurstdosen, die schön glitzern. In die silbern glänzenden Dosen stellen sie Teelichter. Weitere Weihnachtsdeko finden sie in der Natur: Rinde, kleine Ästchen, vertrocknete Beeren und Eicheln. Besonders die Kappen der Eicheln lassen sich hübsch verarbeiten.

Alles ist schön feierlich, als sie „Oh Tannenbaum" anstimmen.

Osana und Coira hatten Plätzchen gebacken. Leider hatten sie kein Backpulver, kein Fett und auch keine Eier, so dass die Plätzchen sehr knusprig wurden. Als Weihnachtsessen darf sich jeder ein Epa aussuchen und jeder Erwachsene bekommt ein Glas Whiskey, wer wollte mit Cola. Mehr gibt es nicht. Raschenka sperrt das Abteil sofort wieder zu.

Coira nimmt das Paket: Schokomüsli mit Vollmilch, Kartoffeltopf mit Rind, Nudeltopf „Bella Italia", Milchreis. Torin, Raschenka und Eowyn entscheiden sich für das Paket mit dem Inhalt: Früchtemüsli „Tropic", „Beef Stroganoff", Nudeln in Kräutercreme, Orangencreme. Billy und Osana wählen Müsli mit Rosinen, Äpfeln und Milch, Curryhuhn, Gemüse-Risotto, Mousse „Stracciatella". Der Abfall wird sauber sortiert, alles können sie gebrauchen. Ob Kartons, Plastikbeutelchen und auch die Dosen.

Der Winter, der keiner mehr war, verlangt viel von ihnen ab. Sitzen sie doch die meiste Zeit eng aufeinander. Es regnet teilweise tagelang in Strömen und die Tagestemperaturen kommen nicht über 6° hinaus.

Es ist Ende Februar, als ein Hubkonzert die Bewohner der „Neuen Heimat", wie sie mittlerweile ihr Refugium nennen, aus dem Schlaf reißt. Raschenka verteilt die Waffen. Die komplette Mannschaft, bis auf Coira, steht hinter den Palisaden und schaut verdutzt auf die drei Jeeps, die nur wenige Meter vor ihnen Halt machen.

Es sind Mo, Arlo, Cora, Edie und der kleine Belfin. Dazu ein junges Mädchen, das Raschenka nicht kennt. „Kommt rauf, ich mache die Türe unten auf! Oder noch besser: Fahrt mit euren Jeeps über den Weg, den wir neu im letzten Jahr gebaut haben, hintenrum rein." Osana dreht am Steuerrad der „Luzia" und mit lautem Krächzen der großen Stahlrollen, geht das gewaltige Tor auf. Das Tor hatten sie im letzten Jahr mit großen Anstrengungen gebaut und so installiert, dass es mit dem Steuerrad geöffnet wird. Eine mühsame Arbeit.

Die Jeeps parken in einer Reihe, Zimtstern scheut und Tula bellt. Coira nimmt den kleinen Belfin an die Hand. Torin macht sich an die hübsche Unbekannte ran. Raschenka stellt ihre „Besatzung" vor und auch gleich die Ankömmlinge. Nur bei dem Teenager stockte sie und schaute Mo fragend an. „Ja, das ist Stella!"

Mo sieht mit seinem großen Cowboyhut aus wie Wyatt

Earp persönlich. Wie die anderen Neuankömmlinge ist auch er voll verstaubt. Was natürlich den offenen Jeeps geschuldet war. Sein Bart ist zerzaust.

An einem Gürtel hängt ein Halfter, zwar ohne Colt, aber auch die große Pistole sah sehr gefährlich aus.

Arlo sieht nicht minder abenteuerlich aus. Aber er hat etwas an sich, das ihn sehr sympathisch wirken lässt. Waren es seine stechenden tiefblauen Augen, seine Attitude oder seine stets gute Laune. Raschenka empfindet es als sehr angenehm, dass er wieder „zu Hause" war. Später im Camp werden sie Arlo jedoch noch von seiner unangenehmen Seite kennenlernen.

Argwöhnisch begrüßt Raschenka die beiden Frauen. Edie ist eine farblose Frau mit unreiner Haut im Gesicht. Als Kopfbedeckung trägt sie wie wie beim ersten Kennenlernen ein Kopftuch, das sie so verknotete, dass es aussieht wie die Werbung auf einem Fitnessgetränk für Seniorinnen aus längst vergangenen Tagen. Sie trägt eine sehr weite Schlaghose und eine bunte Bluse. Auffallend ist, dass alle fünf dieselben Chucks anhaben.

Cora humpelt immer noch. Ihre blonde Mähne hat sie unter einer Fliegermütze versteckt. Der Minirock und das Shirt mit den Spagettiträgern stehen ihr sehr gut. Ihre zahlreichen Tattoos waren mittlerweile ziemlich verblichen.

Billy bringt einen großen Topf mit Tee und Eowyn die nötigen Tassen. Raschenka erkundigt sich, was Sie zu ihnen führte. „Wir wollten einfach mal wieder bei dir vorbeischauen, wie es dir so geht. Du hast uns ja damals geholfen, was wir dir immer noch sehr hoch anrechnen. Cora hinkt jetzt zwar ein wenig. Wir wissen ja, dass du ein großes Warenlager hast. Deshalb wollten wir dir einen Vorschlag machen!" „Und der wäre?". Wir haben einen Jeep zu viel und den würden wir gerne tauschen, wenn du magst."

Raschenka pfeift durch die Zähne und zählt auf, was sie zum Tausch bieten würde: Einen Kanister Benzin, zwei Flaschen Whiskey und zwei Stangen Zigaretten „Wir hatten eher an Waffen gedacht!" „Waffen habe ich keine zum Tauschen!" Billy und Eowyn wurden hellhörig und verschwanden in den Bunker, um wenig später schwer bewaffnet wieder heraus zu kommen. Mo schaute sich um. Er sah, wie Torin mit der hübschen Stella herumalberte. Dann sagte er zu Raschenka: „Wir haben die Jeeps in Volkach in der Kaserne gefunden. Es machte große Mühe, sie aus dem Geröll der Gebäude heraus zu bekommen. Aus dem Grund ist uns dein Angebot zu schwach. Stella ist uns in der Kaserne sozusagen zugelaufen. Sie sagte, dass sie die Tochter des Kasernenkommandanten sei und wir können sie gerne bei Euch lassen. Dein Großer scheint sich mit ihr gut zu verstehen. Wir haben mit uns genug zu tun. Die Nahrung ist knapp. Wir sind Nomaden und wollen uns nirgends niederlassen. Du hast ja hier mittlerweile eine richtige Festung. Also was bietest du? Sag an." Raschenka überlegt und fragt dann, ob ihnen Tauschgegenstände helfen würden. Waffen wären keine Option, die würden sie selber brauchen. „Was wären das für Gegenstände?", wollte Arlo wissen. „Ich habe vier Flaschen Whiskey und zehn Stangen Zigaretten und viele Klamotten anzubieten, dazu die Möglichkeit, dass ihr euch irgendwann bei uns im Gelände der „Neuen Heimat" ansiedeln könnt."

Die vier ziehen sich zurück und diskutieren über eine Stunde. Dann fragt Arlo, ob Raschenka bereit wäre, noch etwas Essbares drauf zu legen. "Gut, ihr könnt noch drei Dosen Dinkel haben und vier Fünf-Kilo Dosen Karottensalat. Deal?" "Yes, Deal!" Billy bleibt als Wachposten stehen, während Eowyn, Raschenka, Osana und Torin die Sachen aus dem Bunker schleppen und zu der Gruppe bringen. Raschenka nannte sie die "Versprengten". "Wollt ihr euch noch waschen oder duschen? Das Wasser ist aber kalt und leicht salzig."

Das lassen sich die Vier nicht zweimal sagen. Einer nach dem anderen zieht sich aus und genießt das frische Wasser und den leichten Schaum der Kernseife. Die Bewohner drehen mit dem Jeep solange die erste Runde.

Arlo erklärt Eowyn und Raschenka dann den Jeep näher. Noch ein bisschen Geplauder, dann verabschieden sich die Versprengten bei Stella und fahren in der Abenddämmerung davon.

Jetzt sind sie zu sechst. Raschenka schaute Billy in seine zweifelnden Augen. „Wir haben jetzt einen Jeep, Billy, und wir finden bestimmt noch brauchbare Sachen. Hühner wären cool!"

Nach dem Abendessen gehen sie schlafen. Am nächsten Morgen wacht Torin nicht mehr als Jungfrau auf. Es war schön für ihn mit Stella.

Sie war eine junge selbstbewusste Frau mit großem Sexappeal. Wenn es Liebe auf den ersten Blick gibt, so musste dies bei den Zweien der Fall gewesen sein. Stella ist ungefähr einen Meter fünfundsiebzig groß, hat blonde lange Haare, blaue Augen und eine sexy Figur mit tollen Kurven. Ihre offene Art gefällt Raschenka.

Torin vertraut sich seiner Mutter an. Die geht mit ihm zum zweiten Vorratsraum und nimmt aus dem Vorratsschrank eine Packung Präservative und gibt sie ihm. „Was ist das?", fragt er und Raschenka erklärt ihm alles genau.

Die nächsten Wochen verbringen sie damit, ihr „Grundstück" weiter zu sichern und auszubauen. Ihre Antikriegshaltung hatten sie schon lange abgelegt. Wenn sie überleben wollten, dann mussten sie sich auch verteidigen können, gegen was auch immer.

Sie bauen Fackeln und stellen die Weithalsfässer auf die Plattform am neuen, hinteren Wachturm auf.

Raschenka, Stella und Torin sind zu einer Erkundungstour zur ehemaligen Eurokorpskaserne aufgebrochen. Unterwegs treffen sie auf einen Loner. Der will aber nichts von ihnen wissen. Stella ist wie Torin 18 Jahre jung, sie kennt die Kaserne in- und auswendig. Ihr Vater, der Generalmajor, hatte sie überall mit hingenommen. Darum wusste sie auch, wo die Waffenkammer der Kaserne war. Im tiefen Keller des Versorgungstraktes hatte sie überlebt.

Sturmgewehre in großer Anzahl. „Wieso hast du das nicht den Versprengten gezeigt?" „Sie haben mich nicht danach gefragt!" Stella trägt immer noch das schmutzige weiße Top und sieht doch sehr hübsch darin aus.

Sie packen dreißig Sturmgewehre, ein paar Kisten Munition und auch einen Holzkasten mit neuartigen Handgranaten ein. Dann legen sie eine Handgranate zu den übrigen Waffen und fahren los.

„Gibt es noch ein Gebäude, wo etwas Essbares gebunkert sein könnte Stella?" „Halt gleich da vorne am Eck. Torin, bleib du im Jeep und pass auf die Waffen auf."

Es stinkt fürchterlich. Nach Kotze und Blut, nach ungewaschenen Klamotten, nach faulem Holz, altem Plastik und toten Menschen. Sie drehen wieder um. Was sie gesehen und gerochen hatten, hat sie doch ziemlich mitgenommen. Schweigend fahren sie nach Hause.

Zurück zur „Neuen Heimat".

"Wir haben jetzt genug Waffen, um unser Heim zu verteidigen. Die Kackfässer können wir ausleeren." Durch die Anzahl der Bewohner kann Raschenka jetzt einen Wachdienst organisieren.

Sie denkt an das Angebot, dass sie der anderen Gruppe um Mo und Arlo gemacht hatte. Aber auch an Freischärler und Cyborgs. Doch mit den neuen Waffen sollte es keine Schwierigkeiten mehr geben, ihr Heim zu verteidigen.

„Gleich morgen werden wir mit Schießübungen beginnen", denkt sie.

Zum Wachdienst teilt sie jeweils immer die Pärchen zu einer Nachtschicht ein, die es mittlerweile gab. Coira und Lula blieben vorerst verschont.

Ab März wurde es wieder täglich wärmer und im April war die große Hitze zurück.

Stella und Osana kümmern sich weiterhin mit großer Hingabe um den Gemüsegarten.

Sie bauen Zucchini, Kürbis, Tomaten, Paprikaschoten, Auberginen, Radieschen, Ringelblumen, Knoblauch, Möhren, Amaranth, Blaukraut, Radicchio und Süßkartoffeln an. In den mittlerweile geleerten und gut gesäuberten Weithalsfässern mischen sie Regenwasser und Brunnenwasser zu bestem Gießwasser an.

Torin bekommt die Aufgabe zugeteilt, täglich Wetteraufzeichnungen zu dokumentieren. Temperatur, Wind, Niederschläge und besondere Vorkommnisse. Billy gelingt es, einen Sender ausfindig zu machen. Es waren Überlebende aus dem Elsass, die in dem großen Champignon Keller von Neuf-Brisach überlebt hatten.

Es wurden Menschen gezeigt, die dabei waren ihr Leben und ihre Kultur neu zu organisieren. Ebenfalls gezeigt wurden aber auch Bilder der totalen Zerstörung. Die Macher des Senders riefen dazu auf, dass sich Überlebende auf einer bestimmte Funkfrequenz melden sollten, um anderen umherirrenden Menschen zu helfen.

Raschenka ruft alle Bewohner zu einer Sitzung zusammen und fragt nach deren Meinung, was zu machen ist bzw. zu welcher Hilfe sie imstande wären. Billy meldet sich zu Wort und spricht aus, was alle denken: „Wir können helfen, aber nur in Form von Ernährung und Wasser. In unseren Bunker können wir keinen mehr hereinlassen. Es ist zwar noch ein Zimmer frei. Aber das können wir immer noch vergeben an jemand, der zu uns passt." „Wir stimmen ab, wer dafür oder dagegen ist!" Billys Vorschlag wird einstimmig angenommen.

Heute ernten sie das erste Mal Feldsalat, Spinat und Radieschen. Es wurde ein wohlschmeckender Salat, einige von ihnen mischten noch zarte Löwenzahnblätter darunter.

Raschenka und Eowyn machen heute mit dem Jeep eine Reise ins Ungewisse. So weit weg von ihrem Bunker war sie in den letzten Jahren noch nie gewesen. „Samenzucht Piper" steht auf dem großen Plastikschild, das auf der Piste liegt.

Alles sieht ziemlich kaputt aus, als sie versuchen, ins Innere des vollkommen zerstörten Gebäudes zu gelangen. Geröll und Schutt türmt sich meterhoch, die Bemoosung hatte bereits eingesetzt. Ihre Sturmgewehre drücken auf den Schultern.

Plötzlich rutscht Eowyn ab. Sein Fuß wird zwischen zwei Betonplatten eingeklemmt. Er schreit vor Schmerzen laut auf. Raschenka versucht ihn rauszuziehen, schafft es aber nicht. Jedenfalls nicht auf die herkömmliche Methode. „Du musst jetzt tapfer sein, ich baller den unteren Vorsprung weg. Dann rutscht die linke Platte nach unten und du müsstest deinen Fuß herausziehen können." Eowyn macht ein ängstliches Gesicht. Raschenka stellt auf Dauerfeuer. Alter Beton spritzt auf. Sie behält recht und Eowyn ist wieder frei. Sie stützt ihn beim Laufen, es sieht gar nicht gut aus.

Plötzlich, sie hatte ihn schon im Jeep verstaut, hört sie Motorengeräusch und sieht eine Staubwolke, die rasch näherkommt. Raschenka erkennt mit großem Entsetzen, dass es eine Gruppe Cyborgs mit ihren selbstgebauten, zusammengeschusterten Fahrzeugen war. „Kannst du schießen, wenn ich fahre?", „War ich mit den Händen eingeklemmt?", „Okay, lass sie erst ein wenig näherkommen und stell auf Dauerfeuer. In der Tasche sind noch mehr Magazine."

Durch den Staub kann Eowyn nichts erkennen und hält sich erst mal zurück mit dem Schießen. Raschenka fährt wie vom Teufel geritten und vergrößert den Abstand. Nach einer guten Stunde sind sie in Sichtweite ihres

Bunkers. Die Cyborgs Kolonne konnte nicht mithalten. Am Bunker angekommen, ruft sie Billy zu, dass er mit den anderen und den Waffen auf die hintere Anhöhe des Bunkers gehen solle. Er verstand nichts. „Mach das Tor auf!"

Raschenka befiehlt jetzt, dass Billy, Osana, Torin und Stella vorne am Aussichtspunkt Position beziehen sollten.

Sie zieht Eowyn mit auf die Palisade, wo sie das große MG aufgestellt hatten. „Coira, hol deine Schrotpistole und komm mit. Alles schießt erst, wenn ich es sage." Dann geht alles ganz schnell.

Es sind furchterregende Gestalten, die aus den fünf Wagen springen. Zum Teil mit Prothesen an Armen und Beinen. „Feuer!" ruft Raschenka. „Zielt genau und lasst keinen übrig. Billy, schmeiß die Handgranaten auf die Fahrzeuge!" Er hat eine gute Trefferquote: sechs Granaten für fünf Fahrzeuge. Nach fünf Minuten war alles vorbei. „Nehmt die Pistolen und erschießt die Überlebenden. Keiner darf entkommen. Komm Coira, wir müssen Eowyn verbinden." Als sie ihn in den Bunker zerren, hören sie noch drei letzte Schüsse.

Die Schmerztablette wirkt schnell und der Verband sitzt gut. Eowyn kann schon wieder lachen. „Wir müssen da noch einmal hinfahren, dort gibt es das, was wir brauchen. Doch jetzt müssen wir erstmal die Cyborgs ver-

räumen. So fahl wie die aussehen, sind die alle an Po-
lykarnarose erkrankt und hätten eh nicht mehr lange zu
Leben gehabt."

Die Wracks ziehen sie mit dem Jeep zu ihrem restlichen
Metallmüll, der hauptsächlich aus leeren Konservendo-
sen und den Mitbringsel früherer Tage von Torins und
Coiras „Stadtspaziergängen" bestand. In mühevoller
Arbeit vergraben sie dann die vierzehn Leichen.

Der Hänger mit dem Sonnenkollektor ist weitestgehend
heil geblieben und Billy weiß auch schon, was er damit
machen wird.

Am Abend hat es ein wenig abgekühlt, nur noch 25° C.
Raschenka hat mit Coira ein vorzügliches Mahl auf den
großen Tisch gezaubert. Keine Rohkost. Sie opfert die
letzte fünf Liter Dose Gulasch, dazu Dinkelnudeln und
die letzten sechs Flaschen Cola. Die verschimmelten
Cookies wollte niemand mehr essen. „Wenn die Dinger
einmal Luft ziehen!", sinniert Raschenka.

„Danke euch, das war eine tolle Leistung heute. Unsere
Verteidigung hat tadellos geklappt." Billy wollte wissen, wie die Cyborgs überhaupt auf sie aufmerksam
wurden. Raschenka erzählte die Geschichte.

Coira, Stella und Osana räumen ab. Torin hilft dabei
und macht Stella schöne Augen beim Abtrocknen.
„Wollen wir uns jetzt melden bei dem Heimatsender im
Elsass?" „Warum nicht? Ich mach morgen alles klar
und dann können wir es ja mal versuchen, ob wir bis

dorthin durchkommen!" „Danke dir Billy, vielleicht lernen wir dadurch andere friedliche Menschen kennen und können dann was von unseren angebauten Waren eintauschen. Ich habe übrigens Bisamratten unten am Flußbett gesehen, die sollen ja recht schmackhaft sein! Wer hat heute Nachtwache?" Torin und Stella strecken die Hände hoch.

Heute ist der Todestag von Lenhart, ihrem verstorbenen Mann aus der anderen Zeit. Der Vater von Torin. Raschenka denkt aber nur kurz daran, spricht ein kleines Gebet, ist dann aber wieder sehr schnell mit ihren Gedanken in der Gegenwart.

Eowyn hat sich hingelegt.

Sie raucht auf der Aussichtsplattform noch eine Zigarette, es ist erst ihre Dritte, solange sie hier im Bunker waren. Wie wird es weitergehen? Zimtstern schnaubt und die beiden Wachen tuscheln.

In der Ferne hört sie Musik. Kann das sein? Sie kommt langsam näher. Dann versteht sie: "Was kann mir schon geschehen? Glaub mir, ich liebe das Leben. Das Karussell wird sich weiterdrehen...!" Ein alter VW Bus macht vor dem Bunker halt. Er ist rot angestrichen und in dicken weißen Lettern wurde an seinen Seiten das Wort „EIS" aufgepinselt.

„Guten Abend, Verehrte! Kann man bei Ihnen eine Nacht in geschützter Umgebung nächtigen?" „Angst scheinen sie ja nicht zu kennen, bei der Lautstärke, mit der sie durch die Gegend fahren? Wenn sie mir versprechen, dass sie sich ruhig verhalten, lassen wir sie für eine Nacht reinfahren. Wie heißt du?" „Valentyn Martyniuk, ich bin Pole, aber bei uns ist ja noch mehr kaputt als bei euch." „Bist du alleine?" „Nein meine neunjährige Tochter ist noch dabei, sie ist ein bisschen krank, drum liegt sie hinten drin." „Okay, wir mache das Tor auf!" Torin dreht misstrauisch am Ruder.

Valentyn war etwa 1,84 Meter groß. Seine dicken ergrauten Haare sind zu einer Jimi-Hendrix-Frisur gekämmt, man kann auch sagen, verwildert. Sein Gesicht ist leicht kantig. Seine oliv-grünen Augen schauen Raschenka traurig an. Seine vollen Lippen und seine leicht krumme Nase, sowie sein grauer Vollbart prägen sein Gesicht entscheidend. Er könnte leicht als Santa durchgehen. Auf seinem Handrücken fallen ein paar Altersflecken auf, aber nicht nur die. Der Alterungsprozess der Haut im Handbereich wird durch Umwelteinflüsse und Sonneneinwirkung beschleunigt. So auch bei dem Mann aus Polen. Die blauen Venen und Sehnen auf dem Handrücken sieht man deutlich. Seine Figur ist sportlich, man sieht ihm die 90 kg nicht an. Er trägt eine alte Camouflage-Hose, dazu T-Shirt und Army Jacket. Seine Füße zieren schwere Handwerkerschuhe mit Stahlkappen vorne.

„Hallo, wie geht's?" „Jeddich, was soll ich sagen, jetzt geht's mir gut, nur meiner kleinen Tochter nicht. Ich habe so einen Bammel!" „Hier kannst du dich frisch-machen, wenn du magst, ich schaue mal nach deiner Tochter!"

„Mein Gott, die hat ja hohes Fieber!" „Ja, das ist kein Schmonzens mehr. Ich helfe dir tragen."

Raschinka, die ja eigentlich auch aus Polen stammt, kümmert sich erst einmal intensiv um die kleine Agata. Raschenka wurde in einem Gebiet geboren das in Weiß-russland liegt, aber früher zu Polen gehörte. Dann gabs den Stalin-Hitler Pakt und so. Ihre Mutter war Prostitu-ierte in Kassel, heiratete dann einen reichen Mann der sie und ihre Oma auf abenteuerliche Weise nach Deutschland bringen ließ. Das war noch vor der Zeit der großen Pandemie und des Russland Krieges gegen die Ukraine.

Jedenfalls macht sie der Kleinen, die sie mit dunklen Rehaugen ansah, kühlende Wadenwickel und mischt zwei Teelöffel Norufen, ein fiebersenkendes Mittel für Kinder, in ein Glas Wasser. Die Kleine verschluckt sich, leert dann aber das Glas in einem Zug. „Komm mit, ich zeige dir, wo ihr schlafen könnt. Wie heißt die Kleine?" „Agata! Du bist eine nette Frau!" „Weiß ich, du kennst aber meine dunkle Seite noch nicht! Hier herein. Bett habe ich keines mehr, dafür aber viele Decken. Richtet euch ein. Tschüss. Bis Morgen."

„Danke bis morgen, ich mach auch keinen Zores!"

„Bist du ein Jude?"

„Naja, nicht direkt, in unserem Dorf gab es viele Juden!" „Ich stamme übrigens auch aus Polen: Dobranoc śpi dobrze!" Valentyn Martyniuk brachte den Mund nicht mehr zu. Seine kleine Tochter schlief sofort ein. Sie leidet an Bruxismus. Also sie knirscht sehr stark mit den Zähnen beim Schlafen.

Beim Frühstück alle vereint, stellt Raschenka die Gäste vor. „Valentyn und Agata werden eine Weile bei uns wohnen bleiben, bis die Kleine wieder vollkommen genesen ist. Der Papa ist ja auch nicht so richtig fit.!"

Billy schaut TV Alsace, die Morgennachrichten. In einer Rubrik werden Refugien vorgestellt, in denen Menschen versuchen, ihre nicht ganz einfache Situation zu meistern. Gleichzeitig werden Fernsehzuschauer aufgefordert, sich zu melden, wenn sie ähnliche Überlebensszenarien erschaffen haben. Außerdem wird die neue Küstenregion gezeigt. Der Harz war mittlerweile eine große Hochseeinsel in der Nordsee und hat Helgoland abgelöst. Die Küstenlinie führte von Berlin, Magdeburg, Hannover, Bielefeld, Wuppertal bis nach Gladbach. Holland und Belgien waren bis zu den Ardennen ebenfalls überflutet. Am Schluss verabschiedete sich die hübsche Moderatorin mit den Worten: „Das waren die Nachrichten am Morgen, ich freue mich, wenn sie wieder einschalten. Ihre Chloé Meyer vom TV Alsace."

„Das hat Zeit!", erwiderte Raschenka, als Billy ihr die Geschichte mit der Meldung erzählte.

„Wie können wir die Fallen für die Bisamratten bauen?" Valentyn fragt, ob Bretter zur Verfügung stehen.

„Noch nicht, aber ich weiß, wo es welche zu holen gibt! Osana, du weißt doch, wo wir die Balken für die Palisaden entdeckt haben. Da müssten auch Holzbretter zu finden sein." Torin, Osana, Billy und Valentyn fahren mit Bus und Jeep los. Eowyn, dem es wieder besser ging, und Stella übernehmen die Wache. Raschenka versorgt Agata und steckt sie in ihr Bett. Das Fieber ist zurückgegangen. Die kleine Coira leistet ihnen Gesellschaft und lässt Tula ihre neusten „Kunststücke" darbieten.

Raschenka fragt sich, nachdem mittlerweile acht Personen in ihrer Anlage wohnten, ob es an der Zeit sei, Regeln und Gesetze aufzustellen. Schnell lässt sie den Gedanken aber wieder fallen.

Sie legt sich in Eowyns Bett und ruht sich noch ein bisschen aus. Dabei schläft sie ein. Nach drei Stunden weckt Eowyn sie sehr zärtlich. „Sie sind wieder da und haben Bretter gefunden."

Raschenka schiebt seine Hand, die auf ihrem Schenkel lag, beiseite und geht hinunter zu den anderen.

Sie reicht Valentyn die Säge: „Wir müssen mit dem Fuchsschwanz die Bretter zuschneiden!"

„Als erstes müssen wir einen Plan machen, wie wir die Kastenfalle aufbauen wollen. Wir brauchen auch noch dicken Draht für Wippbrett und den Auslösemechanismus!" Billy, Torin und Valentyn fangen an zu bauen.

Die Drei verstehen sich gut und so war bereits nach zwei Stunden die erste Falle fertig.

Bisamratten sind Allesfresser, demnach sind sie einfach zu fangen. Man kann sie fast mit allen Resten einer Mahlzeit anlocken.

Bis zum Abendmahl schaffen sie es insgesamt vier weiteren Fallen zu bauen. Da sie ja die Ratten lebend fangen wollten, brauchten sie auch einen großen Käfig, wo sie die Tiere bis zum Schlachttag einsetzen konnten. Mit den restlichen Brettern wollten sie in den nächsten Tagen noch ein paar Betten zusammen zimmern.

Torin und Stella verabschieden sich ziemlich zügig nach dem Abendessen. Sie waren müde nach der langen Nachtwache und den Arbeiten danach, doch für ausgiebiges Kuscheln reichte es dann doch noch. Selig schlafen beide ein.

Raschenka und Valentyn schlagen sich die Nacht um die Ohren. Er erzählt von der Schönheit der Masurischen Seen. Am Spirdingsee in Olztyn hatte er gelebt. Seine Frau starb bei den Unruhen, die es auch in Polen wie in allen anderen Regionen auf der Erde gegeben hatte. Viele Gelbwesten wurden erschossen.

„Wo Gott seine letzten Perlen verstreut hatte, da liegt Masuren." Mit prosaischen Worten machte er weiter. „Es war immer so schön im Sommer, wenn man um Mitternacht am See dem Entschlummern ein Schnippchen schlagen konnte. Das alles kommt nicht mehr. Wir sind einem gnadenlosen Existenzkampf ausgesetzt. Du oder ich. Ihr oder wir. Das Leben erträgt man zurzeit mehr, als dass man es genießt. Eigentlich furchtbar. Aber wenn ich dich so anschaue... Verzeihung, wenn ich das sage. Du bist eine wunderschöne Frau im besten Alter. Was würde ich dafür geben, einmal, nur einmal mit dir zu schlafen."

In ihren Augen blitzte ein ironisches, komplizenhaftes Funkeln das ihn etwas irritierte.

Raschenka beginnt lauthals zu lachen. „Komm her, du bekommst einen Kuss als Vorschuss. Schau mal: die Perseiden, ich habe schon zehn Sternschnuppen gezählt." Valentyn zieht dann Raschenka noch einmal zu sich und gibt ihr einen richtig leidenschaftlichen Kuss.

Die Zeit geht dahin. Die „Neue Heimat" blüht immer weiter auf. Die Amaranth-Ernte fällt besonders gut aus. Aber auch das andere Gemüse und die Salate entwickelten sich blendend. Coira und Agata kümmern sich herzerwärmend um Zimtstern und Tula.

Anscheinend hat es sich herumgesprochen, dass es bei ihnen in der Oase Nahrungsmittel zum Tauschen gab.

Auf der Piste entlang des vertrockneten Maines entwickelt sich immer mehr Betrieb.

Vor dem Camp erstarren dann meistens die Leute, wenn ihr Blick über die übel zugerichteten Leichen schweift. Aber der große Hunger ließ beim Tauschen der Waren schnell den Anblick der Cyborgs Leichen vor dem Camp vergessen.

Raschenka hat jetzt einen Titel als Bürgermeisterin. So sprechen sie jedenfalls die tauschwilligen Menschen aus anderen Siedlungen an. Gesucht wurde besonders Gemüse.

Vor kurzem konnten sie einen Zentner Amaranth und zwanzig Zucchini gegen fünf Hühner und einen Hahn eintauschen.

Nicht jeden Tag kommen Leute. Im Durchschnitt einmal in der Woche. Viele wollen Waffen eintauschen, aber da stoßen sie auf taube Ohren. Es war ein großer Vorteil, dass sie so schwer bewaffnet waren. Die Story der gewonnenen Verteidigungsschlacht gegen die Cyborgs sorgte in der näheren Umgebung für Respekt.

Die Gruppe bekommt einige Bewerbungen von Familien, Paaren und Einzelpersonen. Sie wollen aber niemand mehr aufnehmen. Das hat zur Folge, dass sich vor den Toren ihres Bunkers verschiedene Menschen niederließen. Sie leben in verschließenden Zelten, alten Wohnwägen oder einfach im Freien. Es ging zu wie im Mittelalter.

In Raschenkas Gruppe sorgt das für großen Unmut, weil nachts auf ihren Feldern das Gemüse geklaut wird. Billy war der Hardliner, der dann zusammen mit Valentyn versuchte, die Menschen zu vertreiben. Mit mäßigem Erfolg.

Raschenka versucht es mit Ratschlägen, sie weiß, dass bald die Regenzeit beginnen würde.

„Ihr müsst weiterziehen, ihr könnt nicht hierbleiben. Ungefähr in zehn Kilometer Entfernung findet ihr eine große Halle, die könnt ihr euch herrichten. Wir haben hart gearbeitet, um uns das aufzubauen und können niemand mehr aufnehmen. Ihr könnt das genauso machen. Ich sag es euch ganz deutlich: wenn ihr morgen früh nicht verschwunden seid, dann erschießen wir euch!"

Eowyn und Valentyn schieben Nachtwache und können dabei beobachten, wie sich der Vorplatz leert. Wortlos verlassen die Menschen Raschenkas Land.

Eowyn fragte Valentyn, ob er Raschenka lieben würde.

„Ja, ich liebe sie. Ich weiß, dass du ein paarmal mit ihr geschlafen hast, bevor ich mich hier niederließ. Sie hat deswegen auch ein schlechtes Gewissen. Vielleicht versuchen wir es einmal zu dritt."

Eowyn lächelt bitter.

„Wir müssen uns um die Hühner kümmern. Baust du mit mir morgen nach dem Schlafen einen Stall?"

„Gerne, die ersten Eier lassen wir von den Hühnern ausbrüten. Ich kenne mich mit Hühnern aus. In Polen hatte ich viele davon."

Torin, Osana und Billy sind in aller Frühe aufgebrochen, um an der Nonnenbrunnen-Oase die Brombeeren zu ernten. Sie haben Sturmgewehre, Pistolen und Messer mitgenommen. Für die Brombeeren haben sie mehrere fünf Liter Blechdosen in selbstgebastelten Rucksäcken dabei.

Raschenka spielt mit Stella, den Kindern und den beiden Tieren vor dem großen Tor. Sie nutzen die nicht so heißen Morgenstunden. Ab elf Uhr ist die Hitze fast unerträglich.

Es war jetzt Mitte Oktober und der Regen, wie im letzten Jahr, blieb vorerst aus.

Kurz nach elf Uhr kommen auch die Brombeerpflücker wieder zurück.

Stella und ihre Schwiegermutter in Spe fangen mit dem Einkochen der Marmelade an. Über fünfzig Gläser, in denen einmal Leber-, Blut- und Mettwurst war, haben sie dafür vorher gesammelt, gesäubert und jetzt zum Abfüllen hergerichtet. Es ist eine schweißtreibende Arbeit.

Zehn Kollektoren haben sie mittlerweile aufgestellt. Ihr Stromverbrauch ist gesichert.

Im Radio hatten sie immer noch keinen Sender gefunden und die Kommunikation mit den Elsässern war äußerst störungsreich, was aber nicht an ihrer Anlage lag. Billy hatte alles top gepflegt hergerichtet.

Der Hühnerstall ist sehr schön geworden und die Hühner fühlen sich im Schatten wohl.

Die Nacht ist warm und schwül - und am nächsten Tag fängt es zu regnen an.

Kurz nach dem Frühstück hören sie Motorengeräusche. Torin springt zum Ausguck hinauf. Mit dem Fernglas sieht er einen Jeep auf ihr Gelände zufahren. Bei näherem Hinschauen erkennt er Arlo, Edie und den kleinen Belfin.

„Hallo meine Freunde, wo ist Mo und Cora?" Arlo stellte den Motor ab und steigt aus dem Jeep. Er sieht genauso verwildert aus wie sie selbst. Lange Haare, langer Bart. „Mo und Cora haben sich einem Treck angeschlossen, der zur Küste will. Von dort wollen sie mit dem „Dream Ship" Richtung Norden weiterfahren. Am Polarkreis soll es kühler sein. Gilt dein Angebot noch?"

„Wir müssen halt näher zusammenrücken. Belfin stecken wir zu Agata und Coira. Für euch finden wir auch ein Plätzchen. Wollt ihr noch was frühstücken? Zuerst stelle ich euch alle mal vor. Ich denke die Kampfstärke der Oase ist jetzt erreicht. Also Leute, das hier sind Arlo und seine Frau Edie und ihr kleiner Sohn Belfin. Torin, Stella und Coira kennt ihr ja. Genauso wie Billy und Osana. Dazu gekommen sind noch Eowyn, und Valentyn Martyniuk mit Agata. Ich weiß, wir sind ein zusammen gewürfelter Haufen. Wer Ärger macht muss die Oase verlassen. Ohne Wenn und Aber.

Insgesamt sind wir jetzt fünf Männer, vier Frauen und drei Kinder. Wenn wir hier nicht zusammenarbeiten, haben wir keine Chance zum Überleben. Ich bin offen für alles. Wenn jemand beten will, soll er beten, aber er soll die anderen, die nicht beten wollen, in Ruhe lassen, genauso wie diejenigen, die nicht beten wollen, die Betenden in Ruhe lassen. Voraussetzung ist allerdings, dass überhaupt jemand beten will. Das war jetzt nur ein Beispiel. Ich will, dass wir uns gegenseitig schätzen. Was beim Gegenteil davon rauskommt, haben wir gesehen. Die Welt ist fast komplett untergegangen. Es liegt an uns, innerhalb unserer kleinen Gruppe friedlich miteinander zu leben und zu arbeiten. Uff, das ist jetzt eine lange Rede geworden. Ihr wisst, was ich meine!"

Für eine Weile ist es vollkommen still. Valentyn fängt als erster mit dem Klatschen an, dem alle anderen Mitglieder der Oase folgen.

Ein Vorratsraum muss ausgeräumt werden. Sie bringen alles in den Keller, wo durch den ständigen Verbrauch immer mehr Platz frei geworden ist.

„Decken habe ich keine mehr. Aber ihr habt sicherlich im Jeep was dabei." „Ja im Hänger haben wir vier Feldbetten mit der nötigen Ausstattung."

Es regnet jetzt immer mehr, die Tage werden kürzer und die Arbeit nicht weniger. Der Unterstellplatz für ihre vier Fahrzeuge war gut geworden. Die Palisadenmauer wurde erweitert.
Bei den Hühnern sind die ersten Küken geschlüpft und Agata kann in einem Feldbett von Arlo schlafen.
Am Abend verkünden Billy und Osana, dass sie ein Kind erwarten. Alle freuen sich, wissen aber, was dadurch auf die Gruppe zukommt.

Es schüttet in Strömen und Raschenka liest aus der Prophezeiung des Brunnahiasl: „Zu einer Zeit hat man ihr viele Namen gegeben: Chefin, Bürgermeisterin, Geliebte, Mutter, Regentin. Jetzt ist sie eine weise Frau geworden. Und vielleicht kommt einmal eine Zeit, in der es wichtig ist, dass dies alles bekannt wird. Sie ist die Retterin einer zerstörten Welt…"

Am Ende der Lesung sagt Eowyn: „Du bist in der Vorsehung gemeint Raschenka, habt ihr das auch gemerkt?" Betroffen schauen die anderen auf den Fußboden. Sie wissen, dass Eowyn recht hat.

Arlo und Billy treten die Nachtwache an. Billy fragt Arlo, ob er auch der Überzeugung sei, dass Raschenka die Retterin der Welt wird. Arlo zuckt nur mit den Schultern. Es war nicht seine Art, sich positiv über andere Mitmenschen zu äußern. Er war Pragmatiker mit Hang zum Durchdrehen.

Raschenka bleibt noch ein bisschen im Bett liegen. Sie hatte eine schöne Nacht. Valentyn und Eowyn hatten sie verwöhnt. Beide sind dann auf den Decken, die auf dem Fußboden lagen eingeschlafen. Sie musste an die Weihnachtszeit längst vergangener Tage denken. An die bunten Lichter, an Glühwein und Lebkuchen. Sie bildete sich den Geruch von Zimt, Vanille und Nelken ein. Sie dachte an Marzipan und Christstollen.

Sie hört Geschirrklappern im oberen Stock. Offenbar kochte Osana den Frühstückstee. Auf dem Frühstückstisch stehen Hafergrütze, Brombeermarmelade und alte

Kekse, die schon leicht ranzig schmecken, wie die Bewohner einhellig feststellten. Das Leben in der Oase war kein Zuckerschlecken. Vor allem jetzt in der nassen, regenreichen Winterzeit.

Dicht gedrängt sitzen sie im oberen Raum, der Küche, das Esszimmer und Wohnzimmer in einem war. Torin strampelt auf dem Heimtrainer. Und Coira, Agata und Belfin bekommen beim Disney Klassiker „Bambi" den Mund vor Staunen nicht mehr zu. Der junge Hirsch durchlebt sein erstes Jahr im Wald. Er lernt neue Freunde kennen und muss gefährliche Situationen durchleben.

„Gibt es bei uns auch Wald?", fragt der kleine Belfin und Arlo, sein Vater erzählt ihm, dass es noch ein kleines Wäldchen bei einem Brünnlein ganz in der Nähe gibt.

Billy schaltet nach der Filmvorführung den Fernseher ein. Eowyn und Valentyn kommen gähnend und noch ziemlich verschlafen zum Frühstück. Im TV Alsace kommt die Meldung, dass heute Nacht eine Morsenachricht aufgefangen wurde: „Dream Ship SOS hört uns jemand? Wir sinken!" Mehr konnte die Moderatorin auch nicht sagen. Arlo und Edie sind entsetzt und beginnen zu weinen. Dann ziehen sie sich zurück in ihr Verlies.

Der Sender aus dem Elsass gestaltete sein Programm ohne viel Schnick- Schnack. Eine Sprecherin, ein Hintergrund und ein Filmchen und das auch nicht jeden

106

Tag. Meistens wurde von überlebenden Gruppen berichtet. Wie sie leben, wo sie sich niedergelassen hatten und wie sie sich die Zukunft vorstellten. Heute wurde eine Gruppe vorgestellt, die am Kaiserstuhl in den tiefen Weinkellern einer Winzergenossenschaft überlebt hatte. Die letzte Weinlese dort war auch schon einige Jahre her. Sie züchteten, wie in den meisten Prepperburgen, auch Pilze und Sprossen. Das Besondere in der heimatverbundenen Gruppe war das tägliche, gemeinschaftliche Singen. Der Sprecher der Gruppe bestätigte die Frage, dass Singen glücklich macht. „Das schönste Land in Deutschlands Gau'n, das ist mein Badner Land. Es ist so herrlich anzuschauen…" Dann flimmerte das Bild weg. Was sie nicht mehr sehen konnten, war die Ankündigung, dass die Reporterin von TV Alsace Chloé Meyer nach Mainfranken reisen will, um über eine kleine Preppergruppe aus der Gegend um Kitzingen zu berichten.

Osana meint zaghaft, dass sie das auch mal machen könnten. „Ja, schreib halt mal einen Text auf. Spielt jemand ein Instrument? Scheiße, wir haben ja gar keins!", flüstert Raschenka dann mit schwacher Stimme.

Ein paar Tage später dann haben sie dann doch ihr „First sample": There is a house in New Orleans, they call the Rising Sun. And it's been the ruin of many a poor boy and God, I know I'm one. My mother was a tailor. She sewed my new blue jeans. My father was a gamblin' man down in New Orleans...

Billys Bariton und der Mezzosopran seiner Frau sind die herausragenden Stimmen des zusammengewürfelten Chores. Spaß macht es augenscheinlich allen Bewohnern. Raschenka muss an einen Satz von Novalis denken: „Glück ist Talent über das eigene Schicksal!" Wie recht er hatte!

Der Regen hat wieder etwas nachgelassen und Arlo macht sich zusammen mit Torin auf, um den kleinen Belfin den Wald zu zeigen. „Stell dir das jetzt mal mit ganz vielen Bäumen vor, dann hast du einen richtigen Wald."

Valentyn, Billy und Eowyn erweitern den Stall von Zimtstern. Eowyn zieht dann ohne großen Groll um. Er hatte seine Chance. Aber Raschenka liebt Valentyn.

Ende November ist es, wie im letzten Jahr auch, wieder ziemlich angenehm. Die Bewohner des Camps können richtig durchatmen und die Lungen mit Frischluft durchpusten lassen. Eowyn macht Zimtstern für einen Ausritt fertig.

Auf ihrem Ritt Richtung Süden sehen sie auf einer Anhöhe viel Grün sprießen. Es war Moos, das sich über das Geröll zog. Ein Stück weiter steht ein rotes Fahrzeug mit der blauen Aufschrift „TV Alsace". Als sie näherkommen, sieht er, dass niemand im Auto sitzt. Er sucht die unmittelbare Gegend ab, kann aber nichts finden. In der Ferne östlich von ihnen entdeckt er dann einen bunten Fleck. Mit dem Feldstecher sieht er jemanden auf dem nassen Boden liegen.

Sie war schwer, nur mit Mühe und Not kann er sie über das Pferd legen. Im Schritt geht es zurück ins Camp.

Noch immer war die Frau ohnmächtig. Gemeinsam mit Arlo trägt Eowyn sie hinauf in die Zentrale. „Legt sie dahin, das ist Chloé Meyer, die Reporterin von TV Alsace!"

Eowyn berichtet vom leeren Auto und wie er die Frau gefunden hatte.

Osana durchsucht die Frau gründlich, findet aber keinen Schlüssel für das Auto.

„Wer fährt hin, um das Auto zu holen? Am besten Billy. Du kannst doch kurzschließen?" Billy nickt. „Wer noch? Und nehmt Waffen mit, dort unten wurde ich im letzten Jahr schon einmal überfallen!" Es meldeten sich noch Torin, Stella und Edie.

Der Schlüssel steckte noch, scheinbar hatte sie keinen Sprit mehr. „Was braucht der Bock: Benzin oder Diesel?" Alle zucken mit den Schultern. Edie meint, dass es so eine Hybrid Schüssel sei. „Okay, dann schleppen wir ihn ab!" Billy und Torin machen das Abschleppseil fest und sie fahren los. Torin und Stella hinten, Billy und Edie vorne. Es dauert einige Zeit.

Stella hat eine klebrige Hand und fragt Torin, ob es schön für ihn war. Er verdreht nur die Augen, beugt sich zu ihr hin und gibt ihr einen Kuss, dabei wäre er fast von der Piste abgekommen. Konnte aber die Steuerung wieder korrigieren.

Langsam wacht Chloé Meyer auf. Sie murmelt etwas auf Französisch: „Suis-je encore en vie ou au paradis?" "Sie leben noch, das ist nicht das Paradies!" lacht Raschenka. "Wirklisch?" „Ja! Trinken sie mal einen Tee, dann geht es ihnen gleich wieder besser!" „Isch habe Ihnen was mitgebracht, wenn sie so nett wären und holen aus meinem Kofferraum den Karton!" Torin war schnell wieder zurück „Bitteschön!"

„Passen sie mal auf, was isch hier Schönes für sie habe. Das hier ist ein Shemagh, das traditionelle quadratische Tuch aus Baumwolle, den tun sie auf den Kopf und dann mit der dicken, schwarzen Agal befestigen. So, wie es die Araber gemacht haben. Gott sei ihrer Seele gnädisch. Es wird sie im Sommer vor der gnadenlosen Sonne schützen! So, dann können sie mir einmal ihr Refugium zeigen." „Aber bitte ohne Kamera!", gibt Raschenka zu bedenken.

Zuerst geht es in den zweigeschossigen Keller mit Pilz- und Sprossenzucht. Dann die verschiedenen Lager- und Schlafräume. Die beeindruckende Waffenkammer, der Brunnen: „Das schmeckt ja ein wenig salzisch!", dann Hühnerstall, Schutzwall, Aussichtspunkt, Fernseher, Funkgerät, Küche, Gemüsefelder, Pferdestall und Carport für ihre Fahrzeuge. „Mon dieu, was haben sie da alles geleistet, das ist ja unglaublisch!"

„Wir hatten Glück. Das war früher ein Nazipunker. Ein Prepper hat 2018 damit angefangen, ihn zu reinigen und auszubauen. Mit dem Befüllen fingen wir dann ein Jahr später an. Raschenka und ihr Sohn Torin sind 2041 in den Stollen gezogen. Raschenka wurde bei einer Expetition von Cyborgs festgehalten, dabei traf sie dann die kleine Coira. Torin befreite dann die beiden. Als nächstes kamen dann Billy und Osana in das Camp, dann Stella. Wenig später Eowyn und Zimtstern. Dann Edie und ich und mein kleiner Belfin!" erzählt Arlo „und als letztes dann Valentyn Martyniuk mit seiner Tochter Agata!" „Wer ist Zimtstern, ich zähle nur neun Leute?", „Zimtstern ist das Pferd"! Alle lachen.

Es fängt wieder an zu regnen. „Kann isch bis Weihnachten hierbleiben. Isch abe gesehen, dass bei Zimtstern noch Platz im Stall frei ist?" „Nichts dagegen, sie müssen sich mit Eowyn einigen, wie sie da schlafen wollen und Schlafzeug brauchen sie auch. Wir haben leider nichts mehr übrig!", informierte Raschenka die taffe Französin. „Das abe isch mir schon so gedacht. Eowyn, was ist los, was sagst du dazu? Isch habe ein Klappbett im Auto!" „Dann ist das auch geklärt, aber langsam wird es eng. Osana erwartet nämlich ein Baby!"

Raschenka will dann wissen, wer heute was kocht. Agata antwortet, dass sie mit ihrem Vater ein Pilzragout kochen wird.

Torin und Stella ziehen sich zurück auf ihre Kammer. Billy und Osana ebenfalls. Auch Arlo und Edie ziehen es ebenfalls vor, alleine zu sein. Coria und Belfin helfen in der Küche mit.

Eowyn und Raschenka zeigen Chloé Meyer die nähere Umgebung. Wie immer, gut bewaffnet. „Ist das wirklisch nötig, dass sie immer mit den Waffen herumspazieren?"

„Hier gibt es Freischärler, Cyborgs und militante Überlebende. Wir müssen unser Land verteidigen. Alle wollen etwas von uns. Wir hatten vor dem Tor schon einmal eine Ansiedlung gehabt. Die Leute haben unser Gemüse geklaut, dann haben wir sie vertrieben. Wilde Hunderudel haben uns bedroht und Menschenhändler haben wir erschossen. Es ist ein hartes Leben hier draußen!" Sie gehen hinunter zum Main, der mit nur wenig Wasser träge dahinfließt. Vorwurfsvoll erwiderte die Reporterin: „Haben sie kein Gefühl für Solidarität oder Mitgefühl für andere Menschen?"
Kurz darauf sieht sie die verwesten Cyborgs und muss sich übergeben. Eowyn verteidigt Raschenka: „Wäre sie nicht so hart, dann wären wir alle schon tot, wir wollen als Gemeinschaft überleben. Wir wollen Kinder haben und wir verteidigen unser kleines Land bis aufs Blut!" Cloe ist beeindruckt. „Wie 2022 die Ukrainer. Lasst uns zurück gehen, das Pilzragout ist bestimmt fertig!"

Raschenka schnüffelt in die Luft, dann schreit sie, dass etwas nicht stimmt und Fremde in der Nähe sind. Da sehen sie auch schon den aufgewirbelten Staub der wilden Eindringlinge, die ihnen rasant entgegenkommen. Cleo schreit auf, Raschenka und Eowyn legen an und schießen. Nach wenigen Minuten ist der Spuk vorbei.

Diejenigen Eindringlinge, die nicht tot auf den Boden liegen, flüchten davon. Cloe ist entsetzt und zittert vor Angst. Ein Jeep rast vorbei, Billy und Arlo nehmen die Verfolgung auf. Nach zwei Minuten hört man Schüsse und eine Explosion, dann kommt der Jeep auch schon zurück.

Es waren verwilderte Überlebende gewesen, die umherzogen, um etwas Essbares zu finden. Drei Jahre nach der Katastrophe waren, vor allem in Mainfranken wegen des doch einigermaßen erträglichen Klimas, immer noch einige solcher Gruppen unterwegs. Sie mordeten und plünderten, wo sie hinkamen. Raschenka hatte festgelegt, dass hier konsequent vorgegangen wird.

Diesmal lassen sie einen am Leben, damit er weitererzählen konnte, wie gefährlich es ist, auf dieser Route am Main die angesiedelten Menschen anzugreifen. Sie hatte Erfolg damit. Das mit der Verfolgung im Jeep hatten sie auch in verschiedenen Übungen vorher lange trainiert.

Eowyn nimmt Cloe bei der Hand und führt die verstörte Französin zum Essen ins große Zimmer. Billy hatte einen Funkspruch abfangen können: „Ich lese ihn aber erst nach dem Essen vor. Er wird dir nicht gefallen", sagte er an Cloe gewandt.

Zum Pilzragout hatte Valentyn Süßkartoffelstampf zubereitet, den er mit verschiedenen getrockneten Kräutern gewürzt hatte. Eine große Glaskaraffe mit Wasser steht auf dem langen Tisch und jeder kann das frische

Quellwasser dazu aus seinem Glas trinken. „Solche Sachen wie diese Karaffe tauschen wir mit friedlichen Überlebenden, die von uns Gemüse oder Amaranth bekommen."

Nach dem Essen schickt Billy die Kinder zum Spielen mit Tula hinaus in den vorderen Hof. Dann erst liest er den Funkspruch vor, oder besser gesagt, er berichtete das Gehörte: „Plündernde Überlebende haben im Elsass eine Pilzzucht überfallen und den einzigen Radiosender Europas zerstört." „Wer hat das geschickt.?" „Kann ich nicht sagen. Keine Ahnung!" Raschenka schaltete sich in das Gespräch ein: „Verstehst du jetzt, wieso wir uns so konsequent verteidigen. Wir haben keinen Bock auf Auseinandersetzungen, aber manchmal geht es eben nicht anders."

Heuer mussten sie an Weihnachten noch einmal mit dem alten Eichenprügel auskommen. Sie hatten zwar Samen gefunden, als sie beim zweiten, nicht ungefährlichen Besuch in der früheren Gärtnerei herumstöberten. Setzlinge verschiedener Obstbäume, die durch günstige Bedingungen nicht abgestorben waren. Alle möglichen Samen und eben auch kleine Eiben im Topf, die sie dann auch umtopften. Ersten Erfolg konnten sie bereits feststellen. Ebenso mit Elsbeere und Speierling. Im nächsten Jahr werden sie jedenfalls eine kleine Eibe als Weihnachtsbaum schmücken können.

Heute war Haarschneiden angesagt. Cloe hatte ja einen Haircutter mitgebracht und so kommt nun einer nach dem anderen an die Reihe, sich seiner Matte zu entledigen. Billy war der einzige gewesen, der seine Glatze gepflegt hatte. Osana hatte mit Kernseife und einem Küchenmesser und einigen Narben seinen Kopfschmuck kurzgehalten. Torin wollte sein langes Haar behalten, es stand ihm auch gut, wie Cloe und Stella meinten. Er sah mit der Mähne aus wie Brock O'Hurn, einem Instagramm Star aus den zwanziger Jahren.

Eowyn, Arlo, Valentyn und der kleine Belfin lassen sich die Haare und die Bärte ganz kurz schneiden. Es dauert Stunden bis alle durch waren. Vorgeschnitten wurde mit einer stumpfen Schere aus Cleos Verbandkasten. Auch Raschenka entledigt sich ihres langen Haarschmuckes, kürzer war einfach praktischer mit der Pflege. Außerdem hatte sie viele Wollmützen bei ihrem Umzug eingepackt. Mit dem abgeschnittenen Haaren konnten sie Kopfkissen stopfen, die sie aus Betttüchern genäht hatten.

Bescherung gibt es in diesem Jahr keine. Für die Erwachsenen ein Glas Whiskey und für die Kinder süßen Haferbrei mit Brombeermarmelade. Cloe kommt mit einem hautengen Kleid in Rot mit vielen Volants angewackelt. Tiefes Dekolleté, sehr sexy. Edie und Agata haben einen Kuchen aus Dinkelmehl gebacken. Dafür hatten sie die Hühnereier der letzten drei Wochen gesammelt und verwendet. Er schmeckt ganz gut. Wie sagte Arlo: „Sehr gesund und ohne Cholesterin!" Denn Margarine oder Butter hatten sie keine.

Schüchtern fragt Cloe, ob sie noch länger hierbleiben könne, eigentlich für immer, sie hätte sich in Eowyn verliebt und er sich in sie. Alle klatschen und freuen sich für die beiden.

Nichts im Radio, nichts im Fernsehen. Kein Funkspruch und auch keine Morsezeichen. So vergeht das Frühjahr mit Feldarbeit und viel Liebe bei den einzelnen Paaren. Bei einer Patrouillenfahrt in die ehemalige Bundeswehrkaserne nach Volkach finden sie weitere Waffen und Unmengen an Munition. Die Arbeit dort verlangt viel Ausdauer und Hartnäckigkeit. Mit dem Jeep und einem Seil ziehen sie das Geröll zur Seite und verschaffen sich dadurch neue Zugänge zu den verschütteten, eingestürzten Hallen. Sie finden noch Nudeln in rauen Mengen. Ebenso Konserven. Erbsen und Karotten, Blaukraut und Sauerkraut in großen zehn Liter Blecheimern. Aus einer verschütteten Kleiderkammer können sie noch brauchbare Parkas und Wintermützen herausziehen. Unbehelligt fahren sie zurück ins Camp.
Die Kinder schauen das häusliche Glück von „101 Dalmatinern" an. Belfin nennt sich fortan Pongo und Coira Perdita.

Einen Film anschauen durften sie nur einmal in der Woche. Ansonsten hieß es für sie: Unterricht. In Deutsch, Englisch, Mathe und Geschichte. Jeweils von acht bis zwölf Uhr. Raschenka war da stur und den Kindern fiel es manchmal schwer, dem Unterricht zu folgen.

Heute eine Lektion über Krieg und Frieden vor fast 150 Jahren: Der Erste Weltkrieg begann mit dem Attentat von Sarajewo am 28. Juli 1914. Gekämpft wurde in Europa, im Nahen Osten, in Afrika, Ostasien und auf den Ozeanen. Etwa 17 Millionen Menschen verloren durch den schrecklichen Krieg ihr Leben. Beendet wurde er am 11. November 1918 mit dem Sieg der Entente wie die Siegerkriegskoalition genannt wurde. Beteiligte Länder waren das untergehende Deutsche Kaiserreich, Österreich-Ungarn, das Osmanische Reich und Bulgarien auf einer Seite. Frankreich, Großbritannien mit seinem Commonwealth Weltreich, Russland, Serbien, Belgien, Italien, Rumänien, Japan und die USA andererseits. Raschenka las vor, dass sich 40 Staaten am Wahnsinn beteiligten und annähernd 70 Millionen Menschen unter Waffen standen. „Was ist ein Attentat?", wollte der kleine Belfin wissen. „Ein Attentat ist eine Gewalttat, bei der meistens ein Mensch ermordet wird!"

So gingen die Tage ohne nennenswerte Ereignisse dahin. Die Hitze kam zurück, das Gemüse wuchs und der Tauschhandel blühte. Die Bewohner des Camps schätzten Shemagh und Agal und sahen dadurch aus wie versprengte Araber.

Raschenka wollte nicht mehr alles alleine bestimmen. Schwarze und weiße Steine entschieden über wichtige Fragen und Entscheidungen. Die Demokratie war in ihrer einfachsten Form wieder geboren und bildete eine geschlossene Phalanx im Überlebenskampf der Gruppe.

Heute ist Schlachttag, sie hatten fünfzehn Bisamratten gefangen. Arlo und Billy machen sich an die Arbeit. Gebraten werden die Tiere auf einem Autoblech, das sie gebogen hatten, sodass man es wie eine Pfanne verwenden konnte. Für die Kinder war es mittlerweile zur Normalität geworden, Bisamratten zu essen, nur dass sie zurzeit seltener in die Falle gingen. Als Beilage gibt es einen großen Salatteller.

Die drei Zitronenbäumchen, die sie aus der Gärtnerei mitgenommen hatten, entwickelten sich prächtig. Warm genug war es ja und in absehbarer Zeit werden sie auch Zitronen ernten können.

Eines Tages klopfen ein Mann und eine Frau an das Tor. Sie sprechen kein Wort. Schnell merken die Bewohner, dass die beiden stumm sind. Ihre Kleidung hängt nur noch in Fetzen an ihren abgemagerten Körpern. Sie mussten Schlimmes durchgemacht haben und waren auch nicht mehr die Jüngsten. Auf die große Schultafel, die im Vorhof steht, schreiben sie, dass sie Bauern seien und aus dem Kaukasus stammen. Raschenka wollte die Steine sprechen lassen. Sie stellte die Frage und die Antwort gleichermaßen. Sie lautete: „Können die beiden bei uns bleiben und wenn ja, sollen sie sich dann um die Amaranthfelder kümmern?

Die weißen Steine gewannen. Da aber im Bunker kein Platz mehr war, bauten sie zusammen eine Unterkunft außerhalb des Camps, bestehend aus einem alten Wohnwagen mit einem Bretteranbau. Zum Essen kamen beide in den Bunker. Auf den Feldern arbeiteten sie meistens nachts. Schön war es für sie in den Vollmondnächten. Angebaut hatten sie auf zwei Hektar. Erntezeit war zwischen Ende September und Mitte Oktober. Dabei war ihr Ertrag zwischen 800 – 900 Kilo pro Hektar. Beim Ernten halfen alle zusammen. Bis auf Osana, die vor einer Woche einen kräftigen Jungen zur Welt gebracht hatte. Neun Stunden lag sie in den Wehen, dann erblickte Neon das Licht der Welt. Billy war sehr stolz auf seinen kleinen Sohn. Dann beim gemeinschaftlichen Abendessen meldete sich Stella schwanger. Raschenka wurde Großmutter, die Gummis hatten nichts genützt.

Mitte Oktober ist es, wie in den Jahren zuvor, immer noch richtig heiß und das nutzen die Bewohner aus, um aus alten Dinkelvorräten in Dosen und frischen Amaranth duftende Fladen nach ihrer herkömmlichen Spiegelreflektor-Methode zu backen. Bis zu 2000 Fladen beschert ihnen die Kraft der Sonne.

Lecker schmeckt der Amaranth auch mit Brokkoli oder als eine Art Popcorn aus der abgedeckten Pfanne. Trotz aller Anstrengungen müssen sie die frischen Lebensmittel rationieren. Dosenfutter haben sie genug.

Igor und seine Frau Khata wollen weiterziehen. Raschenka kann nicht alles lesen, was die beiden an die
Tafel geschrieben haben. Es war vermutlich ein alter
Turk-Dialekt, in dem sie schrieben. Die anderen ahnen
Schlimmes, als sich die beiden auf den Weg machen.
Als Dank für ihre sechsmonatige Arbeit schenken sie
ihnen das KTM- Motorrad und einen Kanister Benzin.
Sie versorgen die beiden mit neuen Klamotten und ge-
ben ihnen zwei Eurokorpsparkas mit auf den Weg. Als
sie sich verabschieden, glauben die Bewohner der Oase
ihren Ohren nicht zu trauen: Igor und Khata sagen leise
Danke.

In einigen Jahren werden sie die beiden wiedersehen.
Aber nicht persönlich, sondern in einer Reportage im
Fernsehen über das freie Georgien, wo sich mittlerweile
viele Überlebende niedergelassen hatten.

Im Sommer hatte Arlo bei einem Streifzug eine Art
Lehmgrube entdeckt. Zusammen mit seiner Frau, Eowyn und Cloe machten er sich daran, simple Lehmziegel in Form von Backsteinen zu formen. Dazu
schlämmten sie den Lehm über Nacht auf und setzten
dann Amaranthstroh dazu. Den so präparierten Lehm
pressten sie dann in rechteckige Holzformen und stellten die Ziegel dann zum Trocknen auf Holzbretter ins
Freie. Die große Hitze von fast 50° in der Sonne ließ
die Backsteinziegel innerhalb einer Woche fest werden.
Vor der nahenden Regenzeit sammelten sie die Steine
von den Trockenbretter zusammen und bauten einige

Stapel auf. Mit dem so gewonnenen Material wollten sie im nächsten Jahr ein Lagerhaus zu bauen.

Torin entdeckt bei einem Streifzug ganz in der Nähe des Camps einen gelben Dükerstein und die dazugehörige Düker-Leitung, die früher einmal am Boden des Flussbettes verlaufen ist. Zusammen mit Billy und einem scharfen Beil hacken sie das Kabel in verschieden lange Teile. Die Plastifizierung war schnell aufgeschnitten und heraus kam ein dickes Kupferkabel, das sie, aufgewickelt für viele Baumaßnahmen verwenden können.

„Wir sollten ein Schild aufstellen: „Feldarbeiter gesucht" oder so ähnlich", sinniert Arlo. „Wer soll das lesen?", fragt Billy und muss dabei lachen. „Naja, das fahrende Volk halt!" „Es kommen ja so viele vorbei!" Arlo springt auf, packt Billy am Hals und schreit ihn dabei an, dass er sich selber verarschen kann. Raschenka schreitet ein und zieht die beiden Streithähne auseinander. Waren das jetzt erste Anzeichen von Lagerkoller? Jedenfalls ließen sie Arlo das Schild schreiben, das er dann bei strömenden Regen auf einem dünnen Holzbalken in den Boden vor dem Hohlweg rammte.

Weihnachten und Silvester feiern sie wieder einträchtig zusammen. Heuer hatten sie das erste Mal eine kleine Eibe geschmückt.

An Silvester versammeln sie sich alle im Vorhof und in der Ferne sehen sie ein Feuerwerk.

„Wir sind nicht alleine!" Mit Whiskey wird angestoßen und Geschichten erzählt, wie die einzelnen Gruppenmitglieder ihr Silvester früher verbracht hatten. Billy und Osana erzählen von den legendären Partys in der Würzburger Posthalle beim „Tanz der Moleküle". Arlo und Edie gingen anscheinend immer fein essen, vorzugsweise in einem indischen Restaurant. Eowyn verfeuerte immer mehrere hundert Euro in den Nachthimmel. Cloe verbrachte Silvester meistens mit Freunden und tausenden anderen Menschen auf der Champs-Élysées.

Torin, Stella, Belfin, Coira und Agata lauschen mit offenen Mündern. Torin kann sich noch vage an die Knallerei erinnern. Er hatte damals immer Angst, denn es wurde auch Munition verschossen, die alles andere als harmlos war. Polenböller waren lange verpönt, doch dann kamen sie groß in Mode. Ungehindert wurden an Silvester dann auch immer wieder Menschen getötet, die sich zu weit aus dem Fenster gelehnt hatten. Raschenka erzählt, dass man für 1000 Euro Killer anheuern konnte, sie nannten sich Eliminatoren und inserierten ihre Services sogar in verschiedenen Internet-Sale Portalen.
Regimekritiker, Umweltaktivisten und Nachbarn waren dann nach Silvester einfach nicht mehr da. Die Menschen hatten Angst und das nicht nur am Jahresabschluss.

Valentyn schwärmt von seinen Silvester Bootstouren auf dem Spirdingsee. "Jaa, das war schön!", fällt ihm Agata ins Wort.

Neon schreit und Osana gibt ihm die Brust. Stella bekommt glänzende Augen und streichelt sich über den Bauch. Torin nimmt sie in seine Arme und drückt sie ganz fest. Raschenka und einige andere haben Tränen in den Augen. Dann singen sie zusammen:

We're leaving together.

But still it's farewell.
And maybe we'll come back.

To earth, who can tell?

I guess there is no one to blame.

We're leaving ground (leaving ground).

Will things ever be the same again?

It's the final countdown. The final countdown.

Anfang März ist die Regenzeit vorbei und in der „Neuen Heimat" kann man wieder eifrige Aktivitäten beobachten.

Zwei Frauen, die mit einem etwa elfjährigen Jungen unterwegs waren, ziehen an der Glockenschnur. Cloe ist als erster am Tor und dreht am Ruder um das Tor ein Stück zu öffnen. „Hallo, können wir was zu trinken bei euch bekommen? Wir haben gedacht, dass die Regenzeit etwas länger dauern würde. Wir haben das Schild gelesen!"; Arlo der gerade erst dazu kam, strahlte selbstherrlich. „Ja, wir würden uns gerne bewerben. Mein Name ist Maria, das ist Ami und der Kleine heißt Wally!"

Über dem hellbraunen Sand, der über dem Lehmboden liegt, flimmert die Luft. Ein stahlblauer Himmel spannt sich über das Gelände vor dem Camp. Dreißig Grad im Schatten. Es sieht aus wie in der Wüste.

Raschenka, die mittlerweile auch dazu gekommen war, feixt: „Kleiner ist gut, er ist doch schon größer wie du! Also kommen wir mal zur Sache, was seid ihr von Beruf? Also früher meine ich, was habt ihr so gemacht?" Die kleinere Maria erklärt, dass sie als Architektin gearbeitet hatte. Ami war Krankenschwester in einer Privatklinik gewesen und Wally ist 10 Jahre alt. Maria war eher klein, Raschenka schätzt sie auf um die 30. Ihre bleiche Haut und die hellblonden Haare, die sie nach oben zusammengesteckt hatte, passten gut zusammen. Die gepflegten Zähne, die hellblauen Augen und die Hamsterbacken prägten ihr Gesicht. An den leicht abstehenden Ohren hatte sie viele Piercings. Unscheinbare Jeans, T-Shirts und Chucks waren ihr Style. Sie seien lesbisch und wenn die Gemeinschaft damit nicht mit klarkommen würde, dann führe ihr Weg halt weiter.

„Wir lassen die Steine sprechen!" Ami und Maria schauen sich fragend an.

Ami war die Mutter von Wally, wie Raschenka augenscheinlich sah. Beide waren Mischlinge. Ami war groß, bestimmt einen Meter achtzig. Hatte kurz geschnittene Haare. Beim näheren Hinsehen sah man, dass sie rot waren. Leuchtende riesengroße braune Rehaugen, die Raschenka anstrahlten. Sie war gut gebaut und wahrscheinlich die Frau in der Beziehung. Die äußerst dicken Lippen und der große Mund fielen sofort auf. Klamottentechnisch war sie genauso angezogen, wie ihr „Mann", nur dass ihr Shirt gelblich war. Das goldene Fußkettchen fiel auch sofort ins Auge.
Weiße Steine sind für hierbleiben, die Schwarzen für weiterziehen. Nach der Sichtung der Steine ist klar, dass die Drei hierbleiben können. „Es ist aber nur das kleine Hüttchen vor dem Tor frei, das ihr sicher schon gesehen habt. Da du aber Architektin bist und wir im letzten Jahr Backsteine gebrannt hatten, könnte ich mir vorstellen, dass wir unter deiner Anleitung ein Häuschen hier im Vorhof bauen können. Platz ist ja genug vorhanden. Was wir aber vorrangig bräuchten, wäre eine neue Latrine." „Kann ich die Backsteine einmal sehen?" „Komm mit!" Sie gehen ein paar Schritte und Maria begutachtet die Steine. Staunend lobt Maria: „Gute Arbeit! Damit kann man arbeiten! Mir wäre ein Toilettenhäuschen lieber als eine Freisitz Latrine. Eine simpel zu bauende Toilette mit Licht und fäkalienfres-

senden Bakterien könnte eure bzw. unsere Lebenssituation verbessern. Ich habe eine Bauanleitung für so eine spezielle Toilette mit mikrobieller Brennstoffzelle im Rucksack." Die Gemeinschaft klatscht und Raschenka pflichtet bei, dass dies große Worte sind und Maria jetzt Taten folgen lassen müsse. Wally freundet sich gleich mit Belfin und den anderen Kindern des Bunkers an.
Es gibt dann Frühstück für die Neuankömmlinge und Maria fängt danach sofort mit dem Planen an.

Ami versteht sich auf Anhieb mit Osana sehr gut. Wahrscheinlich weniger wegen der Hautfarbe, sondern wegen des süßen Neons.

Valentyn macht bei seinem Ausritt am nächsten Morgen eine gruselige Entdeckung. Als er sich umdreht, sieht er auch den Grund dafür.
Eindringlinge! Er dreht sofort um und gibt Zimtstern die Sporen. Er hatte nur Coiras Schrotpistole eingesteckt, die ihm aber jetzt auch nicht so viel nützte. Trotzdem gibt er einen Schuss auf das ihn verfolgende Fahrzeug ab. In der Ferne sieht er das Tor ihrer „Festung" - und wie es langsam zugeschoben wurde. Thank God, sie hatten es bemerkt.
Plötzlich spürt er einen tiefen Schmerz im linken Arm. Ein Armbrustpfeil hat ihn durchbohrt. Dann hört er einen leisen Schuss, das Auto überschlägt sich und hätte ihn dabei fast gerammt. Raschenka hatte das alte Sniper Gewehr mit Unterschall-Spezialmunition Kaliber 9x39mm und einer Reichweite von 2000m aus dem

Schrank geholt und getroffen! Es war ein Erbstück von Onkel Preissler und funktionierte nach jahrzehntelanger Pause immer noch einwandfrei.

Alle sind jetzt auf ihren Posten. Coira rennt zu Valentyn und holt sich ihre Schrotpistole. Stella geht mit den Kindern, Osana und Ami in den Bunker. Ami kümmert sich dann gleich um Valentyn. Sie schneidet die Spitze des Pfeils ab und zieht ihn dann, unter großen Schreien von Valentyn, in einem Rutsch heraus. Agata hält dabei die ganze Zeit die Hand ihres Vaters.

Maria ist bei Raschenka und staunt über die Waffen. „Das sind alles Sturmgewehre mit genügend Munition, die wir etwas präpariert haben. Hier nimm, du musst dich verteidigen können, wenn du weiterleben willst. Das sind viele da draußen!" Raschenka schaut durch das Zielfernrohr und sieht einen dicken Mann mit Glatze und nackten, tätowierten Oberkörper, in einem offenen Fahrzeug, der wild um sich gestikulierte. Sie schaltet den Stabilisator ein, zielt und drückt ab. Treffer! Genau zwischen seine zwei Augen! Auch der Mann hinter dem Lenkrad fällt mit einem neuen Branding in der Stirn tot nach vorne. Dann zeigt sie Maria, wie man mit dem Sturmgewehr umgeht.

Ein mit zusätzlich montierten Seitenstahlblechen verkleideter, autonom gesteuerter Kleinbus rast heran. Raschenka ruft Billy und Torin zu, dass sie die Handgranaten erst schmeißen sollten, wenn die Angreifer zwanzig Meter vor dem Tor sind. Zwei Gestalten springen aus dem explodierenden Fahrzeug. Arlo hatte auf Dauerfeuer gestellt und erwischt sie alle beide. Durch ihr Zielfernrohr sieht Raschenka einen Mann mit einer Faschingskapitänmütze durch ein Fernglas in ihre Richtung schauen. Ihr Schuss sitzt perfekt. Auch der Fahnenträger neben dem Mann fällt auf den trockenen Lehmboden.

Die nächsten beiden Schüsse schlagen durch Motorhauben, Fahrzeuge fliegen in die Luft. Sie sieht nur noch Rauch. Nur wenige Sekunden später kommen dutzende, wild aussehende Kämpfer schreiend angerannt. Zum Teil sind sie nur mit Steinäxten bewaffnet und fallen im Kugelhagel der Angegriffenen. Zwei Jeeps fahren aus der Festung. Arlo, Billy, Torin und Eowyn leisten ganze Arbeit: niemand entkommt ihrem Gegenschlag.

Selbst Cloe hat heute beim Schießen mitgeholfen. Maria war tief beeindruckt:" Generalstabsarbeit! Respekt!"

Beim Durchsuchen der Leichen finden sie wenig Brauchbares. Ein Taschenmesser, zwei Macheten und einen Schleifstein.

Es dauert fast zwei Tage bis sie die Leichen an den Rand des vertrockneten Flusslaufs des Mains geschleppt hatten. Zweiundvierzig Männer zählen sie. Von den vier Fahrzeugen ist, bis auf einige der Räder, nichts mehr zu gebrauchen. Zu den Toten im Maintal leeren sie dann den Inhalt von sechs Weithalsfässern und schaufeln Sand darüber.

Beim Durchsuchen finden sie in einem Alukoffer eine Skizzenkarte auf einem Stück Papier, auf der auch ihr Bunker eingezeichnet war. Als Raschenka die Karte sieht, sagt sie nur: „Oje, da werden noch viele kommen und versuchen, uns zu überfallen!"
Aus der Karte ist ersichtlich, dass sich in ungefähr fünfzig km Entfernung eine größere Ansiedlung gebildet hatte. „Vielleicht sollten wir da mal hinfahren?", überlegt Arlo. „Mal schauen, wie es bei uns weitergeht. Wir müssen auf der Hut sein!" Raschenka schimpft mit sorgenvollem Gesicht.

Von Ende März bis Anfang Mai bauen sie gemeinsam unter der Anleitung von Maria das neue Toilettenhäuschen und das Haus für die die letzten Neuzugänge.

Der Anbau von Amaranth und verschiedenen Gemüsesorten läuft immer besser. Besonders Cloe, Ami und Edie macht es sichtlich Spaß auf den Feldern und Gärten zu arbeiten. Auch die Tauschgeschäfte florieren immer besser. Plötzlich hatten sie jetzt auch mal Fleisch auf dem Speisezettel und genügend Holz zum Kochen. Das Fleisch war meistens von verwilderten Hunden, deren frühere Besitzer alle ausnahmslos ums Leben kamen.

Auf ihren Streifzügen finden sie in der näheren Umgebung ein defektes Solarmobil. Sie schleppen es ins Camp ab und Billy repariert es in minuziöser Kleinarbeit wieder. Die gesamte Karosserie bestand aus dünnen Solarmodulen, mit dem man bei sonnigem Wetter tausende Kilometer fahren konnte, wenn noch geeignete Straßen vorhanden gewesen wären.

„Eigentlich könnten wir ja auch heiraten!", sagt Valentyn eines Tages zu seiner Angebeteten. Raschenka lacht milde und gibt ihm einen leidenschaftlichen Kuss. „Warum nicht! Wer soll die Trauung abhalten?" „Da kommt nur einer in Frage!" Valentyn schaut Raschenka fragend an. „Der Ewige" muss das machen!"

Die Pfirsichbäumchen, die sie vor zwei Jahren gepflanzt hatten, tragen nun reiche Ernte. Cloe schlägt vor, dass sie von der Ernte ein Chutney einkochen sollten. Maria und Ami helfen tatkräftig mit.

Von einem Kunden, der zehn Kilo Amaranth gegen eine große Platte aus Sterlingsilber, eingetauscht hatte, erfahren die Kolonisten, das „der Ewige" zurzeit in der Gegend um Marktheidenfeld Station macht. Billy und Arlo setzen sich in den „DeLorean", wie sie die neue Sonnenlichtkarre getauft hatten, und fahren los in Richtung Marktheidenfeld.

In der Zwischenzeit polieren die restlichen Mitglieder ihr Refugium auf Hochglanz. Soweit es halt eben geht. Es dauert drei Tage, dann sehen sie einen kleinen Konvoi von Fahrzeugen auf ihre Festung zufahren.

Vorneweg der „DeLorean" mit Billy und Arlo. Im letzten Moment sieht Cloe, dass auf ihre Köpfe Pistolenläufe gerichtet waren.

„Schließt das Tor. Alarm!" Die Glocke läutete, es war das Zeichen für einen bevorstehenden Angriff. Alle sind auf ihren Posten, auch Maria, Ami und Osana hatten sich Sturmgewehre geschnappt. Die Kinder verschwinden mit der schwangeren Stella im Bunker.

Raschenka nimmt die Flüstertüte und ruft eindringlich: „Lasst sofort unsere Leute frei, ich gebe euch zwei Minuten!" Sie schreit es in einem so entschlossenen Ton, dass fast allen ein tiefer Schauer über den Rücken läuft. Sie ist schon eine imposante Persönlichkeit, die keine Angst kennt.

Als sie wieder in ihrer Deckung ist, nimmt sie den Sniperbrügel wieder zur Hand. Die zwei Minuten waren noch nicht abgelaufen. Wahrscheinlich hatten die Angreifer gar nicht richtig gehört, was sie sagte und meinte.

Ein Parlamentär, der gerade ansetzten wollte, um etwas zu rufen, stört Raschenka nicht. Sie zielt genau, schnauft durch, sagt sich im Stillen: „Du schaffst das!". Dann feuert sie dreimal. „Feuert jetzt auf die hinteren Fahrzeuge, zielt auf die Fahrer!" Arlo und Billy laufen mit gefesselten Händen um das Palisadentor herum auf die von Torin heruntergelassene Leiter zu. Gleichzeitig entwickelt sich das Feuergefecht dem Höhepunkt entgegen. Erst jetzt sehen sie die furchterregenden, aber zugleich lustigen Verkleidungen der Angreifer.

Raschenka schaut durch ihr Fernrohr und erkennt im letzten Moment, dass der alte grauhaarige Mann im hintersten Wagen gefesselt ist.

Torin klettert die Leiter herunter und zwickt die Plastikschließer durch, mit denen Arlo und Billy gefesselt sind. Ein gegnerischer Jeep bricht aus und nimmt sie unter Feuer. Arlo wird am Oberschenkel getroffen. Torin entscheidet dann die Situation mit einer kräftigen Salve Dauerfeuer. Der Jeep explodiert. Billy nimmt Arlo auf die Schulter und versucht mit ihm die Leiter hochzukommen. Torin schiebt mit großen Krafteinsatz von hinten und Edie zieht keuchend und schweißgebadet von oben. Geschafft! Eine selbstfahrende KI kommt angebraust, dahinter eine Horde als Stormtroopers verkleidete Personen. Raschenka denkt kurz nach, was für einen Kostümladen die wohl geplündert hatten. Sie nimmt ihr gut justiertes Sturmgewehr und schießt auf die Reifen des Busses, das von einer KI gesteuert wird. Der Bus schleudert, überschlägt sich und kracht dabei in die Angreifer. „Knallt sie alle ab, keine Gnade, das sind alles Irre!", schreit Raschenka eindringlich ins Megaphon.

Billy hat Edies Position eingenommen, die sich mit Ami um Arlo kümmerte. Torin blutet ebenfalls, ein Streifschuss. Die Kinder halten sich die Ohren zu und Stella hat Angst um Torin. Einer nach dem Anderen, der wie Pappkameraden anstürmenden Stormtroppers, fällt getroffen in den Lehmboden. Raschenka schaut durch ihr Fernrohr und zielt genau. Erst der Fahrer, dann der Mann neben dem „Ewigen". Dann gibt es einen Bonus von ihm, dessen Leben immer auf Repulse aufgebaut war. Er schneidet den dritten Mann die Kehle durch.

„Ich dachte wir, sind im falschen Film und die Macht war dann doch mit uns!" Cloe lacht. Sie war verschwitzt und Eowyn nimmt sie in die Arme. „Was für ein Irrwitz – Stormtroopers. Wie weit ist die Menschheit verblödet." Eowyn schüttelt mit dem Kopf.

„Der Ewige" kommt angewatschelt. Maria hilft Osana das Tor mit lauten Knarren aufzudrehen. „Respekt!", sagte der „Weise Mann". Raschenka gibt ihm die Hand. Zwei charismatische Persönlichkeiten treffen aufeinander.

„Die Sauerei machen wir morgen weg!" „Billy, Torin und Eowyn sind schon draußen", sagt Cloe. „Isch gehe auch mal raus zum Helfen." Es fallen dann noch zwei Pistolenschüsse, Wind kommt auf, Sandkörnchen setzen sich in Bewegung und die Sonne scheint durch einen milchigen Film.

Mit einem Jeep ziehen sie die zum Teil ausgebrannten Wracks zu ihrem Schrottplatz. Die Toten setzen sie in eine Reihe ganz am Ende ihrer Felder. „Schöne Feldraindekoration!" formuliert Cloe. Sie hält sich die Hand an die Stirn und schaut zum Horizont: „Lass uns gehen, es kommt ein Sandsturm auf." Billy und Torin schieben den „DeLorean" noch in den Carport. Dann wird es vollkommen dunkel und der Sandsturm gewinnt die Oberhand. Zum Glück können sie mittlerweile ihren Bunker so gut abdichten, dass fast kein Sandkörnchen eindringt.

Einer nach dem Anderen wusch sich den Dreck des Tages ab. „Wie geht es dir, Arlo?" „Es ist ein glatter Durchschuss!", jammert er. „Warte, ich hole dir ein paar Schmerztabletten!"
„Was ist passiert?", fragt Raschenka. „Der „DeLorean" lief gut, die ganze Fahrt mit der Energie der Sonne, der Speicher war übervoll. Im Geröll von Marktheidenfeld fragten wir einen Loner, ob er wüsste, wo „der Ewige" sich aufhält. Er schaute uns schief an, ich dachte gleich, dass der was im Schilde führt. Zu spät merkte ich, dass es der war, den wir im letzten Jahr laufen ließen. Die Stadt ist komplett zerstört. Kein Stein liegt mehr auf den anderen. Jedenfalls führte er uns an eine Höhle, die ähnlich aufgebaut war wie unsere Festung. Anscheinend hat ihnen da irgendwer was erzählt. Wir sollten niemanden mehr zu uns rein lassen. Jedenfalls hatten wir keine Chance, als wir überwältigt wurden. Der Typ

erzählte den Figuren, dass wir nach dem „Ewigen" suchten. Den hatten die aber schon vorher festgesetzt. Die waren sowas von vollgekifft. Dann haben sie uns die scheiß Kabelbinder angelegt und der Typ hatte dann den Schlachtplan entworfen und am übernächsten Morgen sind sie dann mit uns als Geiseln losgefahren. Den Rest kennt ihr. Arlo wie geht's dir?" „Geht schon!"

Coira, Ami und Edie hatten gekocht. Gulasch aus Hundefleisch, breite Nudeln, Karottengemüse, Pilzsoße und Pfirsich Chutney. Es schmeckt vorzüglich. Raschenka fragt „den Ewigen", wie sie ihn nennen sollten und der meinte dann, dass sie Helmut zu ihm sagen sollen. Alle lachen.

„Also ihr beiden wollt heiraten?" Dabei zeigt er auf Raschenka und Valentyn. „Ja, morgen!", antworten beide im Duett.

„Ihr wisst ja, dass ich eigentlich nicht befugt bin Menschen zu trauen. Aber die alte Grundordnung ist ja sowieso Geschichte. Wir haben jetzt die Chance etwas Neues aufzubauen. Es wird Jahrzehnte, wenn nicht Jahrhunderte dauern, bis wir den alten Standard wiederhergestellt haben. Es stellt sich allerdings die Frage, ob die Menschheit, durch Werbung verblödet, das noch einmal so haben möchte, wie es war. Wie ich sehe, habt ihr euch hier schön eingerichtet. Ihr habt Waffen und ihr seid kampfbereit. Ich bin jetzt 74 Jahre alt. Ich werde es sowieso nicht mehr erleben. Die bekifften

Leute am Untermain haben mich zum "Ewigen" erkoren. Nur weil ich im Rausch einmal vom Blitzkrieg geschwärmt habe. Egal. Ihr heiratet morgen. Mit Raschenka habt ihr eine exzellente Anführerin. Wie wollt ihr zwei denn dann in Zukunft heißen?" Raschenka sagte nur Regulus. „Valentyn und Raschenka Regulus!" „Hört sich doch ganz gut an!", jubiliert Helmut.

Die Trauung findet dann im großen Innenhof der Festung statt, den sie mit Birkenzweigen, aus dem kleinen Wäldchen am Nonnenbrünnchen dekoriert haben. Billy hatte Trauringe eingetauscht und gibt sie nun Helmut, der die Zeremonie sehr feierlich gestaltet. Zum Schluss steckt er beiden die Ringe an. Es wird gesungen, getrunken und gefeiert. Ami und Maria hatten aus purpurnen Amaranthblüten einen wunderschönen Brautstrauß gebunden, der beim Jump dann von Osana gefangen wird. „Wir sind die Nächsten!", flüstert Osana Billy ins Ohr. Sie beißt ihn in sein Ohrläppchen und küsst ihn leidenschaftlich. Danach geben alle, die eine Waffe tragen können, mehrere Salven Salutschüsse ab. Ein Bild wie bei schießwütigen Orientalen in früheren Nachrichtensendungen, wenn aus dem Jemen oder dem Gazastreifen berichtet wurde.

Zum Essen wird alles aufgefahren, was Küche und Keller zu bieten haben. Als Hochzeitsong hatte sich Raschenka den alten Titel „Sekundenglück" von Herbert Grönemeyer gewünscht. Valentyns Song war noch älter und er fängt zu weinen an, als er Vicky Leandros „Ich liebe das Leben" hört. Die beiden Kinder des Brautpaares, Torin und Agata waren die Trauzeugen. Das rauschende Fest dauert bis spät in die Nacht.

Helmut, „der Ewige" macht sich am nächsten Morgen auf zu neuen Taten. In seinem Rucksack ein Tablett aus Sterling-Silber stapft er der aufgehenden Sonne entgegen. Bald wird es im Refugium eine neue Feier geben, wenn Stella ihr Kind auf die Welt bringen wird.

Stella hat keine leichte Geburt. Sie schreit und die Kinder im Camp halten sich die Ohren zu. Osana und Ami waren die Geburtshelferinnen und auch Torin und Raschenka helfen mit. Nach acht Stunden kommt ein gesundes Mädchen auf die Welt. Sie nennen ihr Töchterchen Lundi, weil es an einem Montag das Licht der Welt erblickte.

Das waren die einzigen freudigen Höhepunkte des Jahres. Der Kampf gegen die Naturgewalten geht Tag um Tag weiter. Schon allein um ihre Ernährung zu gewährleisten, haben sie viel zu tun.

Die Regenzeit setzt in diesem Jahr erst Anfang Dezember ein. Trotzdem musste es weitergehen. Nach den Plänen von Maria trieben sie einen weiteren Stollen in den Berg, um mehr Platz im kühlen Bunker zu haben. Immerhin waren sie nun mit den beiden Säuglingen im Moment siebzehn Personen. Arlo ging es auch wieder besser. Er hatte Glück, dass es ein glatter Durchschuss war und auch kein fettes Kaliber.

Mit dem reparierten „DeLorean" fahren sie Mitte Oktober Richtung Würzburg. Angeblich waren dort ebenfalls fleißige Trümmermenschen am Werk, doch sie entdecken niemanden in der Geröllwüste.

Jedenfalls kommen sie am Main entlang bis kurz vor den Steinbrocken einer eingestürzten Mainbrücke. Ein Löwenkopf aus Stein blickt ihnen aus dem Geröllhaufen entgegen. Billy und Torin laufen schwerbewaffnet durch die zerstörte Sanderau, die eingestürzten Gebäude waren bereits mit Moosen und Flechten überzogen. Eowyn und Cleo warten mit mulmigem Gefühl am Fahrzeug. Durch Zufall stoßen sie auf einen großen Karton, der ziemlich auffällig am Straßenrand steht. Drin liegen schusssichere Westen, ein paar Pistolen und vier Funkgeräte. So wie das hergerichtet war, hat das jemand anderes zum Abholen hingestellt. Der Karton steht auf einer Holzpalette, an der ein langes Seil festgezurrt war. Mit viel Mühe ziehen die zwei dann die Palette mit dem großen Karton über zerstörte Wege und Geröll. Es dauert zwei Stunden bis sie wieder am „DeLorean" sind. „Alles im Lot bei euch?", fragt Billy. „Ja, paar Neugierige waren hier, fast alles Cyborgs." „Schaut mal, was wir alles dabeihaben!" „Wow!" „Mach mal den Kofferraum auf!" Billy zählt die Westen hinein, es sind genau dreißig Stück in allen Größen, dazu vier Pistolen und vier Funkgeräte.

138

„Adiamo!" „Polizei" war auf den schusssicheren Jacken gedruckt. Relikte aus einer längst vergangenen Zeit.

Die Pistolen bekommen Osana, Stella, Maria und Ami zu Weihnachten geschenkt. Raschenka und Valentyn küssen ihre Ringe. Billy hält die Weihnachtsansprache. Als gläubiger Christ dankt er Gott: „Auch wenn die meisten von euch nicht gläubig sind, trotzdem danke ich unserem allgegenwärtigen Herrgott, der uns bis hierher beschützt hat. Ich bitte dich, uns weiter zu beschützen. Der Herr im Himmel will euch segnen. Im Namen des Vaters, des Sohnes und des Heiligen Geistes. Gott will, dass es uns gut geht. Darum lasst es euch schmecken!" Es gibt Punsch, Pilzragout, Süßkartoffeln und Blaukraut. Im Sommer hatten sie ein bisschen Dope eintauschen können, den jetzt Raschenka, Arlo und Eowyn rauchen. Eine neue Idee wird geboren: „Wir sollten Cannabis anbauen!" Arlo, der für die Tauschgeschäfte verantwortlich war, sinnierte, dass er sich um das Projekt kümmern würde. Er hatte keine Schmerzen mehr in seinem Oberschenkel.

Um sieben Uhr war Wecken. Jeden Tag. Eine gute Gliederung im Alltag war Raschenka sehr wichtig. Die zwei eingeteilten Bewohner hatten da schon das Frühstück hergerichtet. Es gab jeden Tag warmen Tee und eine Art Müsli. Fast jeden Tag das Gleiche: Eine Pampe aus Amaranth, Milchpulver, Dinkel und Hafer. Dazu Brombeermarmelade. Wenn sie hatten, weichgekochte

Eier und auch ein paar sonnengetrocknete Dinkelfladen. Den Pumpernickel aus der Dose langte niemand
gerne an.

Osana sagt zu Raschenka, dass ihr nächstes Projekt ein
gemauerter Backofen sein sollte. „Wir könnten uns einen Sauerteig ansetzen und andere Backzutaten eintauschen, wenn wir was bekommen können".

Raschenka beginnt mit dem Unterricht. Erste Stunde
Englisch, dann Deutsch, Mathe und am Ende des Vor-
mittags dann History. Heute: Brotbacken früher. Sie
zeigt auf, wie vor hundert Jahren die Bauern das Getreide auf kleinen Äckern angebaut hatten. Es gab viele
gewerbsmäßig arbeitende Mühlen und viele kleine Fa-
milienbäckereien. Fünfzig Jahre später hatte sich die
Anzahl der Bäckereien halbiert und nach weiteren
zwanzig Jahren Kampf mussten so gut wie alle mittel-
ständischen Bäckereien aufgeben. Die Industrie hatte
wie in vielen Bereichen gesiegt. Die Chinesen übernahmen das Brotbacken. Schlussklingel. Raschenka hielt
sich an die Unterrichtszeiten, auch um weitere Struktur
in den Alltag zu bringen. „So, geht ein bisschen spielen,
versorgt Zimtstern, Tula und die Hühner."
„Osana hat recht, wir sollten selber Brot backen", denkt
sie beim Zusammenpacken ihrer Unterlagen.
Es regnet wieder stärker. Die Hyperthermie hatte nach
2045 spürbar nachgelassen. Mögliche Experten könn-

ten in Hunderten von Jahren erklären, dass 2045 der Beginn einer neuartigen Eiszeit war. Vielleicht bildeten es sich die Bewohner auch nur ein.

Maria erklärt den Backofenbauwilligen, dass man zuerst Schamottesteine brauchen würde oder Quarzkies zum Herstellen der Schamottesteine, um den erträumten Backofen für Brot zu bauen. Arlo spitzt die Ohren und Cloe erklärt, dass sie gerne wieder einmal ein Baguette essen möchte. „Mon Dieu, was wäre das für Tag. Isch darf gar nischt daran denken." Valentyn warf dann noch ein, dass man Roggen anbauen müsste. Ob das bei der Hitze möglich ist, könne er aber nicht sagen. „Das tut nicht Not!" sagte der aus der ehemaligen norddeutschen Tiefebene stammende Eowyn und weiter erklärte er, dass sie auf der zur Verfügung stehenden Ackerfläche die Sachen anbauen sollten, die der Hitze trotzen, die wenig Wasser brauchen und sie gut gegen andere Sachen eintauschen könnten. „Roggen und Backofen sind vielleicht möglich. Aber wir sollten uns keinen Illusionen hingeben. Die Möglichkeit, Freiland-Gemüse anzubauen, wird wetterbedingt nicht besser werden. Darum sollten wir die Pilz- und Sprossenzucht forcieren und unsere Ernährungsgewohnheiten auch dahingehend ändern! Arlo, schreib bitte mal auf: Akaziensamen. Das ist auch eine hitzeresistente Pflanze." „Ich habe jetzt Cannabissamen, Schamottsteine, Quarzkies und Akaziensamen notiert.

Viel haben wir aber im Moment nicht mehr zum Tauschen vorrätig!" „Mon Dieu, müssen wir verungern?"

„Nicht gleich, hoffen wir auf ein gutes Jahr. Stellen wir doch noch ein Schild auf: „Zum Tauschhandel am Großen Tor die Glocke ziehen!" Arlo war in seinem Element. Als früherer Weinbauer und Weinverkäufer gefiel ihm der Job mit den Tauschgeschäften und er machte es auch sehr gut.

Der Januar ist ungewöhnlich mild, so dass bald die ersten tauschwilligen Menschen vor den Toren der „Neuen Heimat" aufkreuzen. Doch bis März ist nichts dabei, was sie brauchen konnten. Nur so zum Spaß etwas eintauschen, wie sie es in den Vorjahren gemacht hatten, kommt für sie nicht mehr in Frage.

Dann kommt jemand vorbei, der ihnen kleine Akazien anbieten kann.

Er braucht zwei Tage, bis er wieder mit den kleinen Bäumchen auf seinem Anhänger zurückkommt. Er hatte fünf Stück einer tropenfesten Sorte. Stachelig und schnell wachsend. Die kleinen Früchte seien giftig.

Arlo gibt ihm eine Dose Dinkelkörner, mehr sind ihm die winzigen Bäumchen nicht wert. Schimpfend verlässt der „Verkäufer" die Festung.

Vorher hatte er Arlo erzählt, dass man aus dieser Sorte den begehrten Akaziengummi gewinnen konnte. Man müsse dafür im Hochsommer die Rinde anschneiden, dann komme eine klebrige Substanz zum Vorschein. Die wäre ein guter Ballaststofflieferant mit präbiotischer Wirkung auf die Verdauung.

Die Erdbeeren entwickeln sich prächtig und alle freuen sich auf die Ernte. Die Pflanzen hatten sie im letzten Jahr eingetauscht

Im selbst zusammengezimmerten Gewächshaus konnten sie, auch dank der guten Belüftung, sehr früh im Jahr Tomaten, Gurken, Paprika, Chili, Melonen, Auberginen, und Physalis ernten. Erstmals hatten sie auch Tomatillo-Saatgut bekommen. Die Aussaat fand im März in selbstgebastelten Saatschalen statt. Das Pikieren übernahm Cloe, ernten konnten sie die leckeren Früchte dann ab August. Um den eingetauschten Cannabissamen kümmerte sich mit großer Hingabe Eowyn. Bei der großen Liebe, die er den Pflänzchen angedeihen ließ, hätten Außenstehende meinen können, dass er das in seinem früheren Leben schon einmal gemacht hatte. Überhaupt entwickelte sich ihre Ernährung zwangsläufig mehr und mehr in die vegetarische Richtung.

Arlo meckert: „Den scheiß Cannabis kann man nicht essen!" Cloe antwortet: „Aber wundervoll rauchen, isch liebe Cannabis!" Arlo schüttelt nur den Kopf. Hier prallten verschiedene Welten aufeinander. Raschenka ist die Grüppchenbildung, die sich mittlerweile im Camp gebildet hatte, schon länger aufgefallen. Als Frau der Tat fackelt sie nicht lange und spricht solche Sachen immer gleich an: „Bitte, alle mal herhören und sagt es auch denen draußen auf den Feldern. Heute Abend um 21 Uhr treffen wir uns hier im Hof. Ich muss eine wichtige Mitteilung machen."

Es gibt Gemüseeintopf beim Mittagessen und die Bewohner tuscheln untereinander, was denn los sei und ob jemand was wüsste, was es Wichtiges zu sagen gäbe.

Alle waren pünktlich erschienen. Billy und Osana mit dem kleinen Neon auf dem Arm, ebenso wie Torin, Stella mit der kleinen Lundi. Arlo, Belfin und Edie, Maria mit Ami und Wally, Eowyn und Cloe dazu noch Valentyn und Agata.

„Leute, mir ist in der letzten Zeit aufgefallen, dass es bei uns in der „Neuen Heimat" eine, sagen wir mal, bestimmte Grüppchenbildung gibt. Ich kann Ausgrenzung, hinterfotziges Geschwafel und abgefreaktes Verhalten nicht dulden. Wenn ich merke, dass Leute andere Leute hier bei uns in der Gemeinschaft mobben, dann müssen diese Leute unsere Gemeinschaft verlassen. Ich nenne jetzt keine Namen, aber ich lasse zu dem Thema jetzt die Steine sprechen. Wer dafür ist: weiß, wer dagegen ist: schwarz, wie immer halt. Nur Arlo und Eowyn legten einen Schwarzen, der Rest war für Ausschluss. „Also gut, die Steine haben gesprochen und ich hoffe, dass wir das Beschlossene nie anwenden müssen. Gute Nacht zusammen."

Es war die bislang längste, friedliche Zeit im Camp. Seit über einem halben Jahr hatten sie keine „Feindberührung" mehr. Vielleicht lag es an den toten Stormtrooper, die am unteren Rand ihres großen Geländes saßen. Die Hitze hatte sie schnell skelettieren lassen, vorher aber hatten Krähen die Augen ausgepickt. Es war ein gruseliges Schauspiel. Trotzdem mahnte Raschenka immer wieder aufs Neue, dass alle konzentriert und aufmerksam sein sollten.

Im Moment sind sie damit beschäftigt, die Krähen von ihren Feldern zu verjagen. Zuerst verwenden sie die Schleudern mit den Stahlkugeln, um Munition zu sparen. Dann aber schlagen die Krähen zurück: Sie nehmen die Stahlkugeln in den Schnabel, fliegen über das Camp und lassen sie fallen. So wird der kleine Neon am linken Arm verletzt, der gerade seine ersten Gehversuche gestartet hatte. Für Raschenka hört nun der Spaß auf. Sie nimmt die Präzisionswaffe, schraubt den Schalldämpfer drauf und beginnt, die Krähen abzuschießen. Nach einem Tag war keine einzige Krähe mehr auf ihren Feldern zu sehen.

Nach dem morgendlichen Unterricht am nächsten Tag schickt sie dann Coira und Agata hinaus, um nach den Stahlkugeln zu suchen. Edie und Ami sammeln die toten Krähen ein und verscharren sie am Rande ihres Geländes. Die vielen Bisamratten werden die Vögel später dort wieder ausbuddeln.

Das Mittagessen besteht heute aus einer schmackhaften Tomatensuppe mit frischen Kräutern und den ersten frischen Erdbeeren als Dessert. „Lecker, es fehlt nur noch, wie sagt man, Creme Foettee!" „Schlagsahne meinst du!" Eowyn und Cloe lachen, sie waren beide schon wieder bekifft.

Ami hat sich bereit erklärt, heute die Stoffwindeln, die sie aus Bettlagen geschneidert hatten, zu waschen.
Die Solidarität mit den beiden Müttern war groß. Selbst Männer wie Eowyn und Arlo beteiligten sich turnusgemäß an der nicht so wohlriechenden Arbeit. Alle waren aber mittlerweile Schlimmeres gewöhnt. Froh war die Gemeinschaft allerdings, dass es mit dem Klohäuschen so gut klappte. Valentyn hatte sogar ein Herzchen in die Türe gesägt.

Die Kernseife wird knapp und plötzlich ist auch noch das Wasser weg. Die Pumpe blies nur noch Luft aus dem Fallrohr. Torin klettert in den Brunnen. Dazu muss er sehr tief hinabsteigen und wird von oben mit einem Seil gesichert. Der Brunnenboden ist schlammig, Wasser ist keines mehr da. Das Saugrohr hängt zirka fünf Zentimeter in der Luft.
„Wahrscheinlich zapft weiter vorne jemand das Wasser ab!", meint Maria, „Ich kann mir das nicht anders erklären." Zum Glück haben sie in ihren fünfzehn Weithalsfässern für den Augenblick erst einmal genügend Wasser, das einige Zeit reichen würde.

Der Erkundungstrupp besteht aus Raschenka selbst, Arlo, Billy und Valentyn. Es dauert ungefähr einen halben Tag, bis sie etwas Verdächtiges gefunden hatten.

An der stillgelegten Gärtnerei haben sich Leute niedergelassen, die wahrscheinlich das Wasser abzapfen. Mit dem Fernglas zählt die Chefin etwa zwanzig Menschen. Es scheint alles etwas unorganisiert zu sein. „Was sollen wir machen?" Arlo antwortet: "Alle erschießen!" Sie hatte nichts anderes von ihm erwartet. Sie fahren bis auf fünfhundert Meter heran. Raschenka zielt genau. Sie braucht nur einen Mann zu liquidieren. Er fällt mitten in das Lagerfeuer, das die Leute angezündet hatten. Der Kochtopf stürzt um. Lautes Schreien und alle laufen oder fahren davon. Den Davoneilenden schmeißt Billy noch eine Handgranate hinterher, ohne dabei jemand weiteres zu verletzen. Es war eine Machtdemonstration, die er mit Nachdruck manifestierte.

Nach drei Stunden Arbeit kann das Wasser wieder fließen. Zur Sicherheit füllen sie drei mitgebrachte Kanister mit Frischwasser auf. Dann zerstören sie die primitive Pumpe und die dazugehörige Fallleitung ziehen sie aus dem Boden. Anschließend suchen sie in der mit Sand verwehten Gärtnerei nach irgendwelchen Brettern oder Ähnlichem. Sie finden ein großes Stück Plastik. Es sieht aus wie das Dach eines mobilen Verkaufsstandes. Sie legen es auf den ausgehobenen Graben und schaufeln dann mit einem Gemisch aus Sand und Erde das Loch wieder zu.

Es dauert einen ganzen Tag, bis alle im Camp wieder das lebenswichtige Wasser hatten.

Ihre Pflanzungen gedeihen sehr gut. Die Zitronenbäumchen sind wieder ein Stück gewachsen, ebenso die Pfirsiche und die Akazien. Auch das Korn steht gut, nur für den Roggen war es zu heiß. Über das wohl gedeihende Marihuana war nur einer im Camp wirklich glücklich.

Für heute Abend setzt Raschenka eine Teambuilding-Maßnahme an. Die Mitglieder sollen erzählen, was sie vor der Hyperthermie gemacht haben und was sie nach ihrer eigenen Ansicht falsch gemacht haben, damit es nicht wieder dazu kommen konnte. Anfangen sollte Billy.

Er erzählt seinen gespannten Mitbewohnern, dass er vor dem Gau, wie er sich ausdrückte, Kommunikationstechnik studierte. „Darunter versteht man, dass man sich am Ende des Studiums in den verschiedenen Techniken für die technisch gestützte Kommunikation auskennt. Bestimmte Möglichkeiten werden aber in absehbarer Zeit nicht mehr funktionieren."

Gerade als er weiter ausholen will, läutet die Glocke am Eingang. „Es ischt ein Mann mit einer weißen Fahne!" zittert Cloe hervor. Raschenka geht nach vorne und schaut hinunter. „Was willst du? Weißt du wieviel Uhr es ist?" Gleichzeitig schaut sie durch das Nachtsichtgerät und sucht die Gegend nach verdächtigen Bewegungen ab.

„Wir müssen reden!" „Wer ist wir?" „Ich komme aus einem ähnlichen Camp in der Nähe!" Raschenka zieht die Augenbrauen zusammen und fragt den Mann mit der Fahne, ob sie es sind, die an Silvester immer die Raketen in die Luft schießen.

„Ja, das sind wir, aber außer Raketen haben wir nicht mehr viel in unserem Lager. Vielleicht können wir irgendwie kooperieren."

Raschenka lässt den Mann rein. „Kommen sie mit rauf, wir sitzen gerade zusammen!"

Torin übernimmt den Posten mit dem Nachtsichtgerät. „Darf ich euch unseren direkten Nachbarn vorstellen. Wie war wieder ihr Name?" „Meine Freunde nennen mich Hödel, mein richtiger Name ist Birger Höddeler, aber wen interessiert das in der heutigen Zeit denn noch?"

„Was willst du von uns?" „Was zu Essen. Wir haben nichts mehr, überhaupt nichts mehr." Die Leute der „Neuen Heimat" schauen sich an. Raschenka fragt weiter und will wissen, wie viele Leute in seinem Camp wären und woher er wusste, dass es bei ihnen was zu holen gibt. „Wir sind jetzt noch sechs Leute, zwei sind gestern Nacht an Unterernährung gestorben. Sie waren schon etwas älter und auch krank. Das wenige Essen war ihr Tod. Von euch wissen wir schon länger. Meist durch Versprengte, die euch angegriffen haben oder zwischen die Fronten geraten sind. Ihr wisst gar nicht, wie bekannt die „Neue Heimat" mittlerweile ist! Aber die meisten haben Angst, zu euch zu kommen.!" „Also, wir sind keine Unmenschen und könnten euch akut helfen. Es gibt auch viele Menschen, die zu uns kommen und irgendetwas eintauschen wollen. Um auf dein Problem zurückzukommen, müssen wir uns gleichzeitig Gedanken machen, wie wir langfristig zusammenarbeiten können. Also, wir machen jetzt was Essbares zusammen und fahren dich zu deinen Leuten. Ist die Strecke zu euch fahrbar?" „Leider nicht, die Brücken sind ja alle weg und wir haben unser Lager, das nicht mit eurer Festung zu vergleichen ist, auf der anderen Mainseite."

Billy meldet sich und schlägt vor, dass man Hödel einen Rucksack mit Nahrung fertigmachen solle und er noch in der Nacht aufbrechen müsse, um der großen Hitze aus dem Wege zu gehen. Billy geht mit Osana in den Vorratskeller und packt kohlenhydratreiches ein, wie Brombeermarmelade und Epas mit Schokomus. Es waren alles Sachen, die es bei ihnen höchst selten auf den Frühstückstisch schafften.

Plötzlich steht Arlo in der Tür und beginnt zu schreien. Was das alles soll, sie hätten selber nicht mehr viel. Osana fängt zu Weinen an: "Willst du die da draußen verhungern lassen?" Arlo schreit zurück: „Willst du lieber uns verhungern lassen?" So geht es hin und her. „Schluss jetzt, zeig mal her, was du eingepackt hast!"; Es war wirklich nicht übermäßig viel.

„Hier hast du etwas zum Überleben und wenn du und deine Leute bei uns auf den Feldern arbeiten wollt, dann gibt es natürlich als Lohn etwas zu essen, wir haben

auch nicht mehr. Wir arbeiten alle jeden Tag hart, um zu überleben. Überlege es dir."
Billy begleitet Hödel bis an das Tor und lässt ihn hinaus. "Für heute machen wir Schluss und reden morgen weiter. Jetzt geht's erst einmal in die Komfortzonen. Wer hat Wache heute Nacht?" Maria und Ami meldeten sich.

Valentyn beugt seinen Kopf nach unten und sucht ihre Lippen. Raschenka schmeckt salziges Wasser und spürt seine Erektion. Valentyns Hände umfassen ihre Brüste und seine Finger zwirbeln die hartgewordenen Brustwarzen. Alle ihre Sinne waren auf Berühren, Schmecken und Riechen reduziert. Raschenka schläft in Valentys Armen mit den Geräuschen der Nacht ein.

Am Morgen bleibt Raschenka einfach im Bett liegen und träumt von der Zeit um 2019, als sie als kleines Mädchen morgens in einer Bäckerei in der Kitzinger Falterstraße frische Brötchen kaufte. Am liebsten hatte sie Mohnbrötchen und Milchhörnchen. Die leidenschaftliche Nacht wollte sie mit einer Morgenzigarette beschließen. Es war so schön gewesen mit Valentyn und sie konnte die ganzen Sorgen neben dem Feldbett fallen lassen. Auf dem Weg zum Aussichtspunkt trifft sie im großen Gemeinschaftsraum auf Maria und Ami, die gerade von der Nachtschicht zurück in den Bunker kommen. „Moin, wie wars?", „Müde!", „Wollt ihr eine mitrauchen?", „Aber ohne Cannabis!", „Logo!"

„Uns war so, als hätten wir komische Geräusche gehört, aber gesehen haben wir nichts und es war dann auch wieder alles ruhig und man hörte nur noch das Wehen des Windes!"

Raschenka drückt ihre Zigarette aus. Bei ihr läuten sofort die Alarmglocken. Sie muss an die angelehnte Türe zu Eowyns und Cloes Unterkunft denken, als sie an der Treppe zum Hof die noch einigermaßen kühle Morgenluft tief in ihre Lungen schnauft.

Im Vorbeilaufen reißt sie einen Colt aus dem Regal im Gemeinschaftsraum, stürzt die Treppe hinunter. Beim Anschleichen hört sie ein Röcheln aus dem Stall, der zum Wohnstall umgebaut war. Sie öffnet vorsichtig die Türe. Auf dem Boden liegt jemand.

Die Sieben- Uhr- Glocke läutet und der Hahn beginnt zu krähen. Arlo, der den Wachdienst übernommen hatte, ruft hinunter, was denn los sei.

Dann hört sie das furchtbare Schluchzen. Beim Eintreten sieht sie Eowyn, über den liegenden Zimtstern gebeugt. Auf dem Bett sitzt die entsetzt schauende Cloe und auf dem Boden liegt der tote Hödel. Ein langes Messer liegt neben ihm, mit dem er wahrscheinlich Zimtstern die schweren Verletzungen beigebracht hat. Das Pferd blutet am Hals und am Bauch. Auch Eowyn blutet.

Raschenka ruft Arlo zu, dass dieser die Glocke läuten solle. Die meisten Bewohner waren sowieso schon wach und auch zum Teil im Innenhof.

Raschenka nimmt das Megaphon, was sie sehr selten machte. „Kinder bitte sofort zurück in den Bunker. Große Scheiße, was da heute Nacht passiert ist. Ich mache niemand einen Vorwurf. Es muss jeder selber mit seinem Missgeschick umgehen. Was machen wir mit Zimtstern? Wir haben ihn alle gemocht. Essen wir ihn oder begraben wir ihn? Weiß für begraben, schwarz für Essen und keine Diskussionen. Einfach abstimmen und zwar unverzüglich!"

Arlo, Billy, Edie, Osana legen mit vier Mal schwarz vor. Eowyn, Cloe, Ami und Maria gleichen aus. Torin und Stella sowie Valentyn entscheiden für schwarz. Raschenka schickt die Kinder abermals in den Gemeinschaftsraum. „Macht euch fertig zum Unterricht!" Dann nimmt sie den Colt, geht zu Zimtstern, küsst ihn auf die Stirn und gibt ihm den Gnadenschuss. Eowyn muss sich übergeben. Raschenka gibt Anweisungen: „Arlo, Torin, Edie, Osana, ihr schlachtet Zimtstern. Alles können wir eh nicht essen, es wird verderben. Nehmt die besten Stücke. Filet und was zum Einlegen für einen Sauerbraten. Billy und Valentyn, ihr vergrabt das Arschloch. Alles klar. Ami und Maria, ihr legt euch aufs Ohr und Eowyn und Cloe, ihr haltet Wache. Stella, du kümmerst dich um die Babys und Belfin, Coira, Agata und Wally, ihr kommt zum Unterricht. Es geht alles seinen Gang. Habt ihr verstanden?!"

Die Hitze ist wieder fast unerträglich. Zum Glück hat Raschenka noch eine Flasche Essig im abgeschlossenen

Lager. Damit legen sie in einem großen Topf ein dementsprechendes Stück Brustfleisch ein und stellen es abgedeckt in den kühlen Keller des Bunkers. Das Filet zerteilten sie in passende Steaks, die sie heute Mittag oder Abend zusammen mit einem Salat essen würden.

Torin macht den Vorschlag, vom Rückenfleisch Streifen zu schneiden und diese dann zum Trocken in die Sonne zu legen.

Es dauert den ganzen Tag, bis sie Zimtstern zerkleinert und seine Reste dann vergraben haben. Die Kinder durften derweil nicht aus dem Bunker. Es stinkt schrecklich nach Blut. Cloe und Eowyn wollten die Nacht am Grab von Zimtstern verbringen. Als die beiden gegangen waren, wurden die Filets und die Leber gebrutzelt. Nicht allen schmeckt es, aber der Hunger ist größer, als der Ekel vor dem Pferdefleisch.

„Wie konnten wir nur auf das Arschloch reinfallen und wieso haben die beiden Mädels nichts bemerkt? Habt ihr den Rucksack von Hödel gefunden?" „Zum Glück war es nur der Gaul. Den Rucksack habe ich gefunden. Wahrscheinlich wollte er ihn gar nicht töten. Er wollte ihn einfach nur klauen. Scheiße für Eowyn, er fühlt sich bestimmt total schlecht und die beiden Mädels dürfen nicht mehr zusammen zur Nachtschicht auf die Palisaden. Weis der Gott, was die da getrieben haben!" „Ist gut Arlo, passiert ist passiert. Wer hat heute Nachtschicht?" Torin und Stella melden sich. Raschenka meint dann: „Keine Pärchen mehr! Torin und Osana übernehmen die Schicht." Ein murrendes Okay kommt als Antwort. Die Mannschaft ist jetzt richtig sauer auf Maria und Ami, die gerade zum Abendessen angewatschelt kommen.

Niemand sagt etwas.

Dann bricht es aus Arlo heraus, Edie konnte ihn nicht mehr zurückhalten. Er schreit die beiden an, ob sie gevögelt hätten. Es könne doch nicht sein, dass man bei der Wache nichts hört. „Es tut uns leid und wenn ihr wollt, dass wir gehen sollen, dann gehen wir halt!", schluchzte Maria. Wally fängt das Heulen an. Er wolle hierbleiben, er gehe nicht weg. „Geht doch alleine!" schreit er. Die Lage spitzt sich zu.

Raschenka klärt die Lage: "Bullshit, niemand geht! Wally nicht und ihr beiden auch nicht, wir brauchen jeden, der im Moment im Camp ist. Ich gehe jetzt schlafen. Valentyn kommst du?" Händchenhaltend schlorchen die beiden in ihre Unterkunft. Raschenka freut sich auf Valentyns warme Hände.

Am nächsten Tag werden Stall und Hof gründlich, mit viel Wasser, gereinigt. Ami und Maria tun sich dabei besonders hervor. Cloe und Eowyn waren noch nicht zurück. Belfin tritt in einen Akazienstachel und schreit wie am Spieß. Bis auf Torin im Ausguck arbeiten heute alle von 10 bis 12 Uhr und von 18 bis 21 Uhr auf den Feldern, auch die Kinder helfen mit. Belfin humpelt zu Torin in den Ausguck.

Wenn man mal von dem Akazienstachel im Fuß von Belfin absieht, war es ein ereignisarmer Tag. Die Ernte war gut und die Arbeit schweißtreibend. Shemagh und Agal bewährten sich dabei erneut.

Am Abend kehren Cloe und Eowyn zurück. Sie sagen kein Wort. Raschenka lädt sie auf eine Zigarette ein und sagt dann zu Eowyn, dass Zimtstern sowieso irgendwann gestorben wäre. Eowyn bekommt glänzende Augen. „Ich weiß, er war ja auch schon dreiundzwanzig Jahre alt."

Die Ernten der einzelnen Getreide und Gemüsesorten sind ganz gut. Früchte hätten es mehr sein können. Die Amaranth-Ernte war voll fett, wie es ihre Jugendlichen formulieren. Es war das einzige Wort, dass Raschenka nicht verstand. Marmeladen und Chutneys werden gekocht. Diesmal werden es deutlich mehr Gläser. Vor kurzem erst hatten sie Hunderte Schraubverschlussgläser gegen Amaranth eintauschen können.

Billy hat es wieder einmal geschafft den georgischen Sender im Fernsehen einzuschalten. Er versteht kein Wort. Raschenka übersetzt. Es ginge in der Fernsehreportage darum, dass man ein großes Treffen der Überlebenden aus verschiedenen Regionen angesetzt hatte. Plötzlich sehen sie ihre ehemaligen Mitarbeiter Igor und Khata, die anscheinend in leitende Positionen der großen georgischen Siedlung aufgestiegen sind. Raschenka, die als einzige Russisch verstand, muss plötzlich schmunzeln. Igor erzählt von seiner Zeit in Mainfranken und einer Niederlassung, die sich „Neue Heimat" nennt. Er war voll des Lobes und sprach über gerechte Arbeitsbedingungen dort. Dann ist der Empfang gestört.

Warum muss Raschenka schon wieder an 2019 denken? Sie war damals zwölf und besuchte die Realschule. Am 1. Dezember, dem Welt-Aids-Tag wurde die Schule immer rot angestrahlt. In Frankreich sorgten die Gelbwesten für einen Regierungswechsel. Die EU löste sich langsam auf. Raschenka wollte unbedingt, dass es mit ihrer Gemeinschaft nicht so endete.

Am nächsten Tag bekommt Coira Fieber. Der eingepflanzte Chip hatte eine Entzündung verursacht. Ihr Zustand verschlechtert sich stündlich. Man musste mit dem Schlimmsten rechnen. Raschenka geht zu Ami und fragt, ob sie sich zutraue, den implantierten Chip zwischen Zeigefinger und Daumen auf der Oberseite der Hand rauszuschneiden. Diese fragt, ob irgendein Narkosemittel vorhanden sei. „Komm halt mal mit in den Vorratsraum eins, dann schauen wir mal!" Im Regal waren mehrere Packungen Lachgas und Ami erklärt: „Lachgas schaltet das Bewusstsein aus und verringert das Schmerzempfinden. Die Wirkung ist vergleichbar mit der Vollnarkose, für Kinder ist Lachgas ideal. Ein scharfes Messer und eine Kerze zum Desinfizieren brauchen wir noch. Dann kann es auch schon los gehen."

Ami brauchte eine Stunde, dann aber war der Mini-Chip entfernt. Sie säubert die Wunde mit Salzwasser. Als Coira wieder erwacht, beginnt sie zu weinen und zu schluchzen. Sie hat starke Schmerzen und leichtes Fieber. „Du bist doch jetzt schon ein großes Mädchen. Ich hole dir eine Scherztablette und dann wird alles gut."

Raschenka zerdrückt im Mörser eine Tablette gegen Schmerzen und eine fürs gute Schlafen, verrührt es mit Wasser und Coira trinkt es in einem Rutsch leer. Nach fünf Minuten schläft sie tief und fest. Billy kommt an ihr Bettchen und spricht ein Gebet. Außer Arlo und Edie, die Nachtwache schieben mussten, legen sich alle früh zum Schlafen.

Coria tapst durch den dunklen Gang, den der Vollmond mit seinem quecksilbrigen Schimmer erhellt. Als sie an die alte Seemannstruhe von Arlo stößt, erwacht sie aus ihrem Schlafwandler-Traum und schreit nach Raschenka. Die schließt die Kleine in ihrem zerfetzten Morgenmantel in die Arme. „Alles gut, hast du noch Schmerzen? Willst du heute Nacht bei mir schlafen?" Coira schaut mit ängstlichen Augen zu ihrer Mutter und nickt mit dem Kopf so heftig, dass ihr Pferdeschwanz nach vorne wippt.

Die Postapokalypse beschert den Bewohnern ein karges Frühstück, bestehend aus Früchtetee und einem Müslistampf aus Milchpulver, Haferflocken und leicht salzigem Wasser. Dazu gibt es heute Erdbeeren und in der Sonne getrocknete Fladen aus Amaranth.

Arlo und Edie kommen von der Nachtwache zurück. Cloe und Eowyn übernehmen.

Torin will mit seiner Mutter sprechen. Sie klettern auf den Aussichtspunkt. Es weht eine leichte Prise und Raschenka steckt sich eine Zigarette an. „Was los, mein Großer?", „Mir geht es nicht gut, ich muss immer an die vielen Toten denken. Nachts habe ich Alpträume. Die Toten besuchen mich im Schlaf." Dann fängt er an zu Schluchzen, das sich zu heftigem Weinen steigert. Raschenka nimmt ihn in die Arme. „Ich weiß, dass das alles ein bisschen viel für dich ist. Es fällt mir auch nicht leicht, Menschen und ihre Cyborgs- Ableger zu töten. Aber du musst bedenken, wenn wir uns bis jetzt nicht so stark gewehrt hätten, wären wir längst alle tot. Es hat uns zurück in eine archaische Zeit geworfen, aber ich halte nichts von zukunftspessimistischen Gedanken. Du hast dir nichts vorzuwerfen. Wenn wir weiterleben wollen, müssen wir weiter auf der Hut sein und unser Land verteidigen." Torin legt seinen Kopf an Raschenkas Schulter und sie streichelt ihm über seine heiße Wange. „Alles wieder gut. Du bist jetzt Familienvater, kümmere dich um Stella und Lundi. Sie brauchen dich!"

Plötzlich Alarm. Arlo ruft, dass etwas Großes im Anflug ist. Es war eine riesige Drohne, ihre Sonnenkollektoren glänzten in der Sonne. Durch das Fernglas sieht Arlo eine Person und eine weiße Flagge. Die Palisaden waren mit allen Insassen besetzt. Stella und Osana kümmerten sich um die Babys, Ami um die Kinder und Jugendlichen. Der Notfallplan regelte alle wichtigen

Verhaltensregeln, Zuständigkeiten und Abläufe in Bunker und Vorhof. Raschenka schaut zufrieden und besorgt zugleich. Stolz war sie, weil die Bewohner ihren ausgearbeiteten Notfallplan so gut umsetzten. Besorgt war sie wegen dem Ankömmling in der Drohne.

„Good morning, everyone!" Der Pilot war ein stämmiger Mann. Sein schwarzer Bart und seine listigen Augen unter der Schutzbrille fielen als erstes auf. Unter seinem Sturzhelm, den er langsam vom Kopf nahm, quoll langes Haar hervor. Seine Thermokleidung ließen ihn voluminöser erscheinen, als er in Wirklichkeit war. „Sie können die Waffen beruhigt runternehmen. Kann ich etwas zu trinken bekommen? Ich war über einen Tag in der Luft unterwegs!" Er nimmt einen tiefen Zug aus der Wasserflasche. „Fuck, ist das ein salziges Gesöff!". Er verzieht sein Gesicht, trinkt die Bottle aber leer. „Also mein Name ist Badri Baasur aus Batumi, das liegt in Georgien und ich bin in zwei Tagen die 2.900 km zu euch hierhergeflogen. Es war kalt am Morgen und sehr heiß in den Mittagsstunden. Ich habe wenig gegessen und soll euch eine Botschaft von Igor und Khata Iwanischwili überbringen. Bitteschön: hier ist sie!"

Im Gemeinschaftsraum war der Frühstücktisch noch nicht abgeräumt. „This food taste great," sagt Badri Baasur, als er sich die Backen vollstopft, sein Georgidenglisch hörte sich lustig an. Die Iwanischwilis hatten vor, sowas wie eine postapokalyptische UN zu gründen

160

und Raschenka hatte eine Einladung nach Batumi be-kommen, um als Generalsekretärin gewählt zu werden.

„Die Welt ist größer geworden!" Den Copter hatte er noch vor der großen Katastrophe gebaut. Eigentlich war er ja Hersteller von Sex Toys gewesen, erklärte er den umstehenden Mitgliedern, die sich erschrocken an-schauten. Er hatte für die Chinesen konstruiert mit ei-gener Handy-App, Schüttelfunktion und Rhythmus ge-nerator. „Meine Vibratoren waren so gut, da konnte kein Mann mehr mithalten. Man(n) konnte aber die Toys über das Internet mit dem Handy steuern und so auch aus fernen Ländern seiner Angebeteten eine Freude bereiten." Maria fragt ihn, ob er Toys dabei-habe, doch er schüttelt mit dem Kopf und schiebt sich genüsslich einen zusammengerollten Fladen mit Brom-beerarmelade in den Mund. „Schade!"

„Also ich war nur der Überbringer der Message. Wenn es möglich wäre, würde ich gerne eine Nacht bei euch verbringen." Um die Gruppenkohäsion zu fördern, mel-den sich Ami und Maria und schlagen eine Gesprächs-runde vor.

Badri Baasur erzählt von dem besonderen Klima am Schwarzen Meer in und um Batami. „Bei uns ist es bei weitem nicht so heiß wie bei euch!". Zur Bekräftigung wischt er sich den Schweiß von der Stirn. Mittlerweile war es elf Uhr geworden und die Sonne knallte wieder auf das Land. Badri berichtet, dass sich Batami mittler-weile zu einer größeren Stadt entwickelt hat. Es gibt Brunnen, Polizei und stundenweise Elektrizität für die

Einwohner. Der kleine Belfin hüpft vorbei, der Unterricht war vorüber. Es hatte heute etwas länger gedauert, weil sie mit einer Verzögerung angefangen hatten. Raschenka nutzte die Möglichkeit und machte Anschauungsunterricht an der Drohne.

Billy und Baasur unterhalten sich dann darüber, wie sie eine effizientere Ausnutzung der Solarenergie erreichen könnten, um die Endgeräte besser zu versorgen. Über ihren Stromspeicher macht sich Baasur lustig und meint, dass ihre im Kaukasus fünfmal so groß seien. Wenn er wiederkommen würde, dann könnte er einen größeren Speicher unten dranhängen. „Ich kann halt nur fliegen, wenn die Sonne scheint!"

Fliegen taten dann auch Maria und Ami in der Nacht, hatten sie doch Badri zum Übernachten in ihr großes Bett im Backsteinhaus eingeladen. Dabei testeten sie sein Bio-Toy ausführlich. In einigen Monaten wird sich dann zeigen, was so sein Bio-Toy alles draufhatte.
Cloe und Eowyn übernahmen freiwillig die Nachtwache, obwohl sie noch gar nicht an der Reihe waren.

Torin und Stella spielten mit der kleinen Lundi im Bett und auch Billy, Osana und Neon freuten sich auf die Nacht zusammen.

Am nächsten Tag müssen beide Paare in der Küche arbeiten. Torin und Stella am Morgen und Billy und Osana sind für die Zubereitung des Mittagessens eingeteilt. Pilzragout mit Süßkartoffeln und Salat aus Löwenzahn, Radieschen und gestiftelte Karotten stehen auf dem Speiseplan. Feldarbeit haben Maria, Ami, Valentyn, Coira,, Belfin, Wally, Torin und Agata.

Den Unterricht hatten sie jetzt in die heißen Mittagsstunden verlegt und auch Feldarbeit ging nur bis zum Mittagessen. Es war einfach zu heiß. Am späten Abend mussten dann zwei Bewohner(innen) die Felder bewässern.

Am Morgen steht die komplette Mannschaft der „Neuen Heimat" vor ihrem Refugium und bewundert den Start der großen Transportdrohne, die mit Badri Baasur in die Höhe steigt. Sie winken ihm nach und schauen solange in den Himmel, bis er nicht mehr zu sehen ist.

Die Amaranth- Ernte konnten sie noch einmal steigern. Dazu Möhren, Kürbisse in vielen Sorten, Melonen, Sellerie, Blaukraut, Weißkraut, Zitronen, Süßkartoffeln, Brombeeren und einige Sachen mehr, wie zum Beispiel Cannabis. Salat hatten sie mittlerweile jeden Tag. Sie hatten viele Sorten angebaut. Die Akazien wuchsen auch sehr gut. Auch weil sie immer gut gegossen wurden.

Nachdem auch die getrockneten Pferdefleischstreifen in den Mägen der Bewohner gelandet waren, hatten sie nur noch die Bisamratten und einige Konserven mit Fleisch. Die Hähnchen wollten sie nicht schlachten.

Raschenka schläft schlecht in dieser Nacht. Wenn sie doch einmal ein bisschen eindämmerte hatte sie erschreckende, surreale Träume von weiteren schlimmen

Umweltkatastrophen mit wirren Auswirkungen auf das Camp.

Die Regenzeit begann Ende Oktober. Es regnete in Strömen, es stürmte mit Blitz und Donner. Auch einige Tornados konnten die Bewohner beobachten, doch zum Glück immer ein Stück von ihnen entfernt.

Es war nicht so, dass die Wetterphänomene vorbei waren. Im Gegenteil. Doch von den Tsunamis, Erdbeben und Vulkanausbrüchen bekamen sie auf ihrer Insel der Glückseligen wenig mit. Nur einmal sah Cloe bei einem Wachdienst ein wahnsinniges Wetterleuchten am westlichen Himmel. Sie richteten sich ein, spielten Schach, Monopoly, Mensch ärgere dich nicht, Fang den Hut und andere neuere Brettspiele.

Eines Tages stellen sie fest, dass Maria und Ami kleine Bäuchlein bekamen. Raschenka zeigt auf das von Maria und sagt nur: „Badri", bei Ami dann „Baasur". „Ihr habt euch beide schwängern lassen, hoffentlich war es das auch wert!" „Wir hatten jedenfalls großen Spaß! "Wann schätzt ihr, ist es soweit?" Maria murmelt, dass es ungefähr Ende Mai/ Anfang Juni soweit sein würde. „Dann werden wir uns noch jemanden für die Feldarbeit suchen müssen!"

Silvester 2052 sehen sie kein Silvester Feuerwerk mehr. Lag es am Regenwetter oder waren diejenigen, die immer geschossen hatten, tot oder einfach weitergezogen?

Eowyn lässt um zwölf Uhr seine dekorative Hartholz-chillum mit dem besten Marihuana, herumgehen. Sie kam aus Indien war handgeschnitzt und beim Kiffen wurde sie beidhändig himmelwärts angehoben, zu Ehren Shivas. Nicht alle Mitglieder der Gruppe waren vom Kiffen begeistert. Es ziehen nur Eowyn, seine Muse und Freundin Cloe und Valentyn an der Chillum. „Was machen die?", fragt die kleine Agata und Raschenka sagt nur „Nix gescheits! Im nächsten Jahr wird nichts mehr angebaut von dem Zeug. Wenn ihr wollt, können wir die Steine sprechen lassen!" Arlo und Billy klatschen. Es sollte aber alles anders kommen.

Raschenka sinniert: „Über sechzig Jahre ist es jetzt her, dass der PC den IT-Boom auslöste. Der PC wurde von den ganzen Smart Geräten abgelöst, wie wir sie ja gekannt haben. KI hat dann die Server bedient und zuletzt auch kontrolliert. Ich will sagen, dass es soweit nie mehr kommen darf und wie es aussieht, wird das auch nicht passieren. Wir sollten es als Geschenk, meinetwegen von Gott, hinnehmen, dass wir noch leben. Wir haben die Chance, ein neues Zusammenleben zu gestalten. Ich möchte diesen Gedanken nur hin und wieder in die Runde werfen. Damit die Unzufriedenen unter euch einmal nachdenken, was für ein Leben überhaupt besser ist. Dieses, was wir jetzt führen, geprägt von Toleranz, Liebe und Arbeit oder das frühere Leben geprägt von Ängsten, Bedrohung und Unzufriedenheit. Wir werden unsere Kinder in eine lebenswerte Zukunft führen. Ich freue mich jedenfalls auf weiteren Zuwachs in unserer

Gemeinschaft und bin stolz darauf, mit euch zusammen dies alles zu entwickeln. Maria und Ami, ich wünsche euch für die Schwangerschaft alles Gute. Gott sei mit euch."

Billy und Osana sind die ersten, die klatschen, was dann in tosenden Applaus aller übergeht.

Die Regenzeit war im Jahre 2052 extrem lang und intensiv. Anfang März endet sie dann abrupt und es dauert nicht lange, bis die Sonne die Böden und Felder wieder ausgetrocknet hatte.

Badri Bassur kam gerade von einem Flug aus Armenien zurück, als er das Unglück epischen Ausmaßes sah. Die Hafenstadt Batumi, seine Heimat, wurde vom Schwarzen Meer verschlungen. Ein Seebeben und ein darauffolgender Tsunami brachten den tausendfachen Tod. Auf dem Meer konnte er nichts erkennen, als er mit seiner Drohne darüber Richtung Nordwesten flog.

Zum selben Zeitpunkt in einem anderen Camp wird eine ältere Frau von komischen Menschen schikaniert. In einer schmutzigen Ecke sitzt ein kleines Mädchen und weint. Am nächsten Morgen wollen beide aus dem Camp flüchten. Die ältere Frau war freiwillig ins Camp der Makas gekommen und sie hatte jetzt das Bedürfnis, wieder woanders hinzugehen. Ihren alten Kinderwagen hatten sie mit vielen gefüllten Wasserflaschen und Schüsseln voller Maniokbrei bestückt. „Wenn es das Schicksal will, finden wir ein anderes Zuhause", denkt sie, „wenn nicht, sterben wir. Immer noch besser, als hier schikaniert, vergewaltigt und verprügelt zu werden.

In der „Neuen Heimat" wachsen die Bäuchlein von Ami und Maria Zusehens. Sie waren in der 16.Woche und Maria fragt Ami, ob sie auch so ein zartes Flattern im Bauch spürt. Für Ami war es ja die zweite Schwangerschaft. Wally, ihr Sohn, um den sich ja auch Maria viel kümmerte, fragte immer öfter, ob er mal hinhören dürfte. Gerne streichelte er auch über die kleinen Bäuchli, wie er immer sagte.

Zum Mittagessen gibt es heute Gulasch aus Epa-Vorräten mit selbstgemachten Dinkelnudeln. Dazu öffnen sie zehn Pakete der Einsatzverpflegung. Neben dem Gulasch waren noch Tiramisu in Gläsern und Blutwurst in kleinen Dosen eingepackt.

Am späten Nachmittag fahren Arlo und Torin schwer bewaffnet in die Mitte der Kleinstadt am wieder ausgetrockneten Main. Auf einem Feldweg, der nicht zerstört war, kommen sie bis zu einem eingestürzten Verbrauchermarkt. Moos hatte sich ausgebreitet. Spinnen schienen den Gau auch überlebt zu haben. Es war ein unheimliches Szenario. „Zu holen ist da nichts mehr. Da waren schon welche vor uns da." Plötzlich sehen sie einen Schatten, der sich ziemlich schnell bewegte. Sie schauen nach oben, konnten aber nichts Genaues erkennen. Die Sonne blendete und ihre Augen schmerzten. So schnell wie der lautlose Schatten gekommen war, so schnell war er auch wieder fort. „Wir sollten hier verschwinden und zwar zügig!" Sie fahren so schnell, wie es der Jeep hergibt. Arlo passt kurz nicht auf und sieht den Baumstamm nicht. Prompt prallen sie dagegen. Nun müssen sie zu Fuß weiter. Der Wind hat aufgefrischt und bringt den Sand, der von der Sahara kam, zum Tanzen. Gemeinsam stapfen sie durch die unwirkliche, milchig gelbe Szenerie mit wenig Sicht voran.

Zur gleichen Zeit in der „Neuen Heimat" drückt ein sichtlich mitgenommener Mann zwei Frauen. „Ich kann es gar nicht fassen, dass ich Vater werden soll und dann auch noch gleich doppelt!" Wally gibt ihm eine Tasse Tee und sagt vorlaut, dass er es ja gerade noch so geschafft hätte. „Ja, ich wollte schon zwischenlanden und warten, bis sich der Sandsturm legt. Ich glaube, ich habe zwei von euren Leuten gesehen.
Für die Kids im Camp gibt es eine Kinostunde mit Bud Spencer, Terence Hill, Bohnenpfanne und Holzlöffel.

Arlo und Torin kommen nach drei Stunden Fußmarsch im Camp an und fluchen wie die Rohrspatzen. Sie hatten sich ein paarmal verlaufen. Stella und Edie, die sich große Sorgen machten, waren froh, dass die Beiden wieder unversehrt zurückkamen. Zuerst pumpt dann

Stella am Brunnen und Edie wäscht ihren Arlo gründlich ab und dann umgekehrt. Beide Pärchen verschwinden dann in ihre „Gemächer" und der Rest der Mannschaft, konnte, wenn er genau hinhörte, leidenschaftliches Stöhnen in Stereo vernehmen.

„Alles weg, meine Stadt verschwand in den Fluten. Anscheinend ein Seebeben, das dann einen Tsunami auslöste. Ich weiß es nicht. Ich sah die Tragödie aus der Luft. Konnte aber nicht helfen. Tja Billy, mit dem größeren Speicher wird es jetzt nichts mehr. Weiß jetzt gar nicht, was ich machen soll?" Billy schaut ihn mit seinen dunklen Augen fragend an: „Du bleibst hier, jetzt, wo du zweifacher Vater wirst, musst du dich um deine Kinder und Frauen kümmern. Deine Drohne können wir auch gut gebrauchen. Wir bauen eine geschützte Halle und du besorgst das Baumaterial oder kundschaftest aus, wo welches liegt."

Es ist spät geworden. Valentyn und Raschenka übernahmen die Nachtschicht. Dadurch fiel am nächsten Tag die Schule aus und der Nachwuchs konnte mit auf die Felder.

Im kleinen Häuschen von Maria und Ami gab es in der Nacht noch heftige Diskussionen und Badri Bassur musste erst einmal einsehen, dass er nicht mit in den Betten schlafen konnte.

„Wir haben kein Gras mehr“, meint Eowyn zu seiner Cloe. „Alles eingetauscht. Was meinst du? Soll ich wegen des weiteren Anbaus nochmal mit den anderen reden?“ „Na klar, musst du nochmal mit ihnen reden. Isch finde, du hast so viele wertvolle Lebensmittel eintauschen können, da können die nicht mehr nein sagen. Wenn ich nur an den Sack Milchpulver denke, den wir für die Babys so dringend gebraucht hatten.“ Noch vor dem Frühstück klettert Eowyn auf die Palisaden und spricht mit Raschenka. Die verspricht, dass sie darüber abstimmen lässt.

Beruhigt und voller Genugtuung steigt er wieder von den Palisaden und schlüpft zu Cloe unter die Bettdecke.

Nach dem verspäteten Frühstück erklären Billy und Arlo, dass Badri mit seinem Copter nach Bäumen Ausschau halten soll. Nicht die Großen, wie bei den drei Eichen. Sondern kleine Bäume, die sie dann hier anpflanzen können. „Keine Nadelbäume, nur Laubbäume. Vielleicht siehst du ja noch irgendwelche brauchbaren Teile wie Wellblech oder Holzbalken, die wir für die Garage verwenden können. Und komm nicht auf die Idee, zu verschwinden!“ Badri schaut betrübt, steigt in seine Drohne und hebt ab in den Himmel. Sie schauen ihm nach, bis nichts mehr von ihm zu sehen ist. „Hoffentlich kommt er wieder zurück. Wir könnten seine Hilfe gut gebrauchen.“ Nach dem Mittagessen, das heute aus Zitronenreis und Pilzragout bestand, will Raschenka noch einmal die Steine sprechen lassen. Vorher kann Eowyn eine kurze Erklärung abgeben, was alles eingetauscht wurde. Neben Milchpulver hatten sie zwei Spaten bekommen, einen Laubrechen, eine Stange Zigaretten, die aber schon sehr alt waren. Zwei Flaschen Zwetschgenwasser, Babykleidung, verschiedene Fläschchen und einen Karton Proteinriegel. Ihr großer Traum von Schamottesteinen für den Backofen blieb jedoch bis jetzt unerfüllt.

Es war dann ein knappes Ergebnis, aber es reichte. Alle Mütter hatten für den weiteren Anbau gestimmt.

Komischerweise klingelt es dann noch einmal und draußen stehen zwei ältere Paare, die einen alten Teko-Dampf- Entsafter aus Aluminium, zehn Gläser Quittengelee und eine Tüte Quittensamen dabeihaben.

Eowyn gibt ihnen dafür ungefähr fünf Gramm Marihuana, das er von seinem eigenen Vorrat abzwackte.

Maria streichelt über ihr Bäuchlein und fragt Eowyn, was ein Dampfentsafter sein soll.

„Hey, mit dem Teil kannst du Kirschen, Äpfel, Brombeeren, Johannisbeeren und noch anderes Obst entsaften. Schau mal hier rein. Das ist der Topf, in dem das Wasser zum Verdampfen kommt, der wird zu dreiviertel vollgemacht. Dann kommt der mittlere Topf drauf und zwar mit dem Ausgießer nach vorne. In den durchlöcherten Korb kommt das Obst, der konisch so gebaut ist, dass cr in den mittleren Topf passt. Deckel drauf und kochen lassen!"

„Wir haben doch gar keine Äpfel und Kirschen auch keine!" „Ja leider. Aber Brombeeren haben wir genug und Erdbeeren auch!" „Die schmecken aber im rohen Zustand besser!" „Es geht auch Gemüse!", sagte Eowyn leicht genervt, macht seine Shemagh mit der Agal fest und stolziert über die Treppe in den Gruppenraum, um Tee für sich und Cloe zu holen.

Die Einzige, die bei der großen Hitze ohne Shemagh und Agal auskam, war Edie, die immer noch ihr Hausfrauenkopftuch auf den Kopf trug.

Neon war jetzt schon drei Jahre alt, Wally wurde zehn und Lundi zwei Jahre.

Badri Bassur ist mittlerweile fest in der „Neuen Heimat" eingezogen, er will bei der Geburt seiner Kinder dabei sein. Er musste sich die bittere Wahrheit eingestehen, dass Maria und Ami ihn nur als Erzeuger gebraucht hatten, ganz nach dem Motto: doppelt gemobbelt wird sich der Erfolg zumindest bei einer von ihnen einstellen. Dass sie beide schwanger wurden, war nach ihrer Meinung jetzt auch nicht tragisch. Beide freuten sich. Eigentlich freuten sich alle Bewohner der Siedlung.

Anfang Juni ist es dann soweit. Bei Ami, die ja schon Wally auf die Welt gebracht hatte, setzen die Wehen ein.

Raschenka, die als Hebamme schon Neon und Lundi auf die Welt brachte, hilft wieder tatkräftig mit und nach sechs Stunden schreit der kleine Carl-Georg das Camp zusammen. Badri Bassur legt den Kleinen auf seine Hände und fühlt sich als stolzer Vater. Nur der Name gefällt ihm nicht so richtig.

Bei Maria dauert es länger. Aber nach zwei Wochen setzen auch bei ihr die Wehen ein und nach neun Stunden erblickt Lilly das Licht der aus den Fugen geratenen Welt. Ab jetzt müssen im Camp zwanzig hungrige Mäuler gestopft werden.

Coira kommt heulend zu Raschenka. Ihr pinker Trainingsanzug passt ihr nicht mehr. Überhaupt ist sie aus fast allen Sachen rausgewachsen. Mit ihren gut 12 Jahren ist sie fast schon so groß wie Raschenka selber. Und noch einer ist kräftig gewachsen: Tula. Aus dem niedlichen Schoßhündchen ist ein ausgewachsener Hund mit großem Appetit geworden.

Edie und Cloe halten die Kleiderkammer so gut es geht in Schuss. Es fehlt jedoch an Garn zum Flicken der kaputten Kleidung. Trotzdem finden sie für Coira ein paar passende Kleidungsstücke, mit denen sie durch den Sommer kommen konnte.

Mittlerweile hat sich herauskristallisiert, wer wo seinen Tag mit Arbeit verbringt.

Eowyn hatte seinen Traumjob beim Hanfanbau gefunden. Arlo, Billy, Cloe, Valentyn und Torin verbrachten die meiste Zeit auf den Feldern, wo auch Badri neu eingeteilt wurde. Arlo fiel dabei immer öfter negativ auf, wenn er einen seiner berüchtigten Tobsuchtsanfälle bekam, wenn es nicht so lief, wie er sich das vorgestellt hatte. Einmal in der Woche, in der Hauptsaison, konnte Badri mit seinem Solarcopter durch die Gegend fliegen. Das war okay für ihn. So viele Entdeckungen konnte er jetzt auch nicht mehr machen. Um die Kinder, Jugendliche und Säuglinge kümmerten sich die Mütter und auch Raschenka. Einmal in der Woche drehten sie den Spieß um und die Mütter gingen auf die Felder und die Väter zum Nachwuchs.

Edie half auch auf den Feldern mit, kümmerte sich aber gleichzeitig um die Kleiderkammer.

Die Hängebirken und Traubeneichen, die Badri ausgegraben hatte, sind gut angewachsen und trotzen der Hitze. Den Akazien konnte man beim Wachsen zusehen. Die Bewohner waren guter Dinge, da sie sich mit den Pflanzungen eine kleine Oase errichtet hatten.

Badri freut sich auf die kommenden Stunden in der Luft. Er fliegt den vertrockneten Flusslauf des Mains folgend nach Norden. Ungefähr nach zwanzig Kilometer sieht es so aus, als ob sich der Fluss teilen würde. Er zieht seinen Copter höher und konnte nun sowas wie eine große Insel erkennen. Als er wieder tiefer weiterfliegt, sieht er an den Hängen überall vertrocknete Weinstöcke, da war kein Leben mehr drin. Er fragt sich, wann wohl die letzte Weinlese hier gewesen war. In einem zerstörten Dorf, dessen Geröll schon stark bemoost war, geht er runter um zu pinkeln. Er hatte einmal versucht während des Fliegens Wasser zu lassen, doch meistens waren dann dabei seine Füße nass geworden. Bei großen transzentralen Flügen war ihm das egal gewesen, aber jetzt, da er in einer Gemeinschaft als doppelter Familienvater lebte, mochte er das nicht mehr.

Die Drohne setzt leicht auf. Sofort erleichtert er sich in einen Sandhaufen, um diesen gewaltigen Blasendruck los zu werden. Ihm gefällt, wie der nasse Sand dabei nach unten rutscht. Doch plötzlich blitzt etwas Grünes, Gläsernes hervor. Es ist eine bauchige Flasche. Er kann nur noch „Vögelein" auf dem ausgebleichten Etikett entziffern. Er hebt die Flasche auf, säubert sie und dreht den Schraubverschluss auf und schnuppert hinein. Es duftet gut nach Brombeere, Sauerkirsche, Grünen Paprika und Holunderbeere. Ein Weinkenner würde den Inhalt als Dornfelder identifizieren. Doch Badri war kein Weinkenner, er hatte noch nie vorher Wein getrunken. Er probiert einen kleinen Schluck und es schmeckt ihm gut. Weil er durstig ist, trinkt er mit einem tiefen Zug die Flasche zur Hälfte aus. Wow – das ist ein geiles Zeug! Sowas Leckeres hat er in seinem bisherigen Leben noch nie getrunken. Gleich gönnt er sich noch einen kräftigen Schluck. Nach einigen Minuten wird ihm ganz schummrig zu Mute. Auch sieht er alles etwas verschwommen. „Scheiß Hitze!" hört er sich sagen. Mit Müh und Not steigt er auf den Sitz des Copters und startet. Gut, dass er über den vertrockneten Mainlauf geflogen war. So findet er trotz des Schwipses, den er augenscheinlich hat, wieder zurück ins Camp. Dort legt er sich sofort in sein Feldbett, wo er sogleich einschläft. Er träumt von einer Frau, die er mal auf einem Plakat gesehen hat: sie hielt ein Glas in der Hand, trägt ein Krönchen auf den Kopf und lächelt ihn an.

Er wird niemanden davon erzählen. Wenn er aber mit seinem Copter unterwegs ist, fliegt er oft zum Pinkeln nach Norden immer an die gleiche Stelle und beobachtet, wie der Sand mit seinem Urin nach unten wegfließt.

Ein kleines Wunder ist geschehen. Eowyn konnte eine größere Menge von seinem Dope an relativ junge Leute eintauschen, gegen drei große Schamottsteine. Es hatte sich herum gesprochen das die Neue Heimat Schamottsteine sucht.

Maria und ihre Helfer können nun endlich den Backofen weiterbauen. Badri wird von der Feldarbeit freigestellt. Er soll jetzt Holz heranbringen. Es war für ihn gar nicht so leicht auszutüfteln, wieviel Holz er unter den Copter anhängen konnte. Hundertfünfzig Kilo trug die Drohne. Er selber wog fünfundsiebzig Kilo. Soviel war das jetzt nicht. Billy hatte ihm eine Vorrichtung angebaut, mit der er im Vorbeiflug das angehängte Holz ausklinken konnte. Heute hatte er ungefähr eine Tonne zusammen geflogen. Das meiste war aus der früheren Schreinerei ein Stück flussabwärts.

Voraussichtlich kann er noch einen Monat lang fliegen, dann wird die Regenzeit wieder einsetzen. Als er mit seiner obligatorischen Pinkelpause fertig ist, nimmt er diesmal einige von den freigelegten bauchigen Flaschen und legt sie in seinen Transportkorb der Drohne. Nach der Landung am Rande des Camps holt er einen Eimer Wasser und befreit die Flaschen von Sand und Urin. Er schlichtet sie vorsichtig in eine Ecke seines Drohnenports und verdeckt sie mit seiner alten Fliegerjacke und einer Decke.

Es ist an der Zeit, dass Raschenka ihren Schüler/innen erklärt, wie man Brot bäckt: „Dazu geben wir zweieinhalb Liter lauwarmes Wasser in eine Schüssel. Wer kennt die chemische Formel von Wasser noch?" „H^2O!", ruft Agata, „Richtig, dann kommt der Vorteig dazu, den wir mit einem selbstgemachten Sauerteig zum Garen gebracht haben. Dann das Mehl, am besten mischt man das Mehl, also Dinkel, Roggen und Amaranth. Ich habe achtzig Prozent Dinkel genommen und je zehn Prozent Amaranth und Roggen, der ja bei uns nicht so gut wächst. Salz habe ich weggelassen, weil unser Wasser ja schon ein wenig salzig ist. Wenn wir mit Regenwasser backen würden, dann müssten wir so neunzig Gramm auf diese Teigmenge geben. Soweit alles klar? So, wer traut es sich zu, den Teig zu vermischen und zu kneten? Aber bitte vorher die Hände gründlich waschen" Coira und Belfin melden sich. Nach einer viertel Stunde anstrengender Knetarbeit ist der Teig schön trocken. „Jetzt lassen wir ihn zwei Stunden stehen und decken ihn mit einem Tuch ab. Das ist wichtig, sonst kann er nicht so schön aufgehen, weil er verhautet."

Raschenka geht mit den Kids zum Backofen in den Hof und prüft, ob es mit dem Beheizen klappt. Das Holz war verbrannt und glühte zum Teil noch. Sie sagt zu Maria, dass sie den Ofen in einer guten dreiviertel Stunde ausräumen soll.

„So meine Kinder, nach der Ruhezeit sollte sich das Volumen des Teigs verdoppelt haben. Dann stechen wir mit dem Blechschaber hier kleine Stücke ab und formen runde Brote, die wir auf ein bemehltes Tuch legen. Bitteschön. Wir ziehen dann das Tuch so ein, dass die Brote sehr eng sitzen und ein bisschen in die Länge gehen. Dann warten wir eine weitere gute Stunde. Das sollte bei der Hitze heute reichen!"

Sie tragen das Blech zum Ofen. Mit einem Stück Blech, das von dem kaputten Jeep stammte, schossen sie dann die Brote in den heißen Ofen. „Kinder, dabei ist es wichtig, dass man das Blech bemehlt und mit dem anderen kleinen Blech hier die Brote vom Tuch nimmt und schnell einschießt. Vor dem Einschießen schneiden wir die Brote viermal längs ein!" Nach zwei Minuten sind alle Brote im Backofen. Das Einschuss- Blech hatten sie so zurechtgebogen, dass es als Ofentür Verwendung finden konnte. Bevor sie diese Türe schlossen, schütteten sie noch eine Tasse Wasser auf die heißen Ofensteine.

Schon bald duftet es herrlich. Alle Bewohner sind versammelt, als Raschenka nach einer knappen Stunde mit einem großen sauberen Spaten die Brote wieder aus dem Ofen holt. Es waren genau zwölf Brote. Einige davon sind nach unten aufgesprungen und sahen dadurch recht rustikal aus. „Das liegt am rundwirken, der Schluss muss immer gut geschlossen sein!" erklärt Raschenka. „Ich zeige euch das beim nächsten Brotbacken noch einmal!"

Keines der Brote überlebt das Mittagsmahl. Dazu gibt es Dosenkäse, Rühreier und ein kleines Surprise von Badri in Form von bauchigen Flaschen. „Ich werd verrückt, das sind ja Bocksbeutel! Wo hast du die denn her?", jubiliert Arlo. „Na, dann Prost!"

Badri erzählt aus seiner Georgischen Heimat, dem Höhlenkloster David Garedschi, das so ähnlich aufgebaut sei wie ihre Festung.

An dem Tag arbeitet niemand mehr. Torin übernimmt mit Coira und Lula die Wache. Dabei fragt Coira, ob es stimme, dass man unter Wasser seinen Mann des Lebens sehen würde. Das hätte ihre Oma einmal zu ihr gesagt. Es war das erste Mal, dass Coira über jemanden aus ihrer Familie gesprochen hatte.

Die Nachmittagshitze war so erträglich, dass Torin über dem Vergnügen eines aufgeweckten Umgangs mit Coira die gewöhnliche Siesta vergaß. „Wir haben leider kein Wasser, in das du tauchen kannst. Steck doch deinen Kopf in den großen Zinnzuber an der Pumpe."

Kaum hat er zu Ende gesprochen, springt Coira auf und rennt in die Unterkunft, kniet sich vor den Zinnzuber und steckt ihren Kopf hinein. Verdutzt schauen die wenigen Mitbewohner Coira an. Belfin geht zum Zuber und schaut genau, was Coira da macht. Sein Gesicht spiegelt sich im Wasser. Als Coira ihren Kopf im Wasser dreht und nach oben schaut, sieht sie für einen kurzen Moment Belfins Antlitz.

Enttäuscht kehrt sie zurück zu Torin: „Ich habe nichts gesehen, nur Belfin!" „Vielleicht beim nächsten Mal! Oder dein Auserwählter ist ja Belfin.", versucht Torin sie zu trösten. „Sag mal, wo hat das denn deine Omi zu dir gesagt?" Coira senkt den Kopf und sagt kein Wort mehr. Torin streichelt Coira über den Kopf. „Lass dir Zeit!" Dann geht er hinunter zum großen Eingangstor und dreht es mit dem Steuerrad krachend ins Schloss.

Da der Rest der Bewohner immer noch dabei war, ihren Rausch auszuschlafen, übernimmt Torin erst einmal die Wache. „Was für ein Leichtsinn", denkt er. Dann kommt Stella mit der kleinen Lundi im Arm auf den Wachsitz. Sie hat eine Kanne Tee und eine Schüssel mit verschiedenen Beeren dabei. Torin macht die Sturmgewehre für die Nachtwache klar, freut sich aber gleichzeitig, dass Stella gekommen war. „Ich glaube, die sind alle noch ziemlich betrunken. Zwölf Bocksbeutel, so nennt man doch die Flaschen, sind halt doch ziemlich viel. Findest du nicht auch? Das Raschenka auch so tief ins Glas geschaut hat, wundert mich aber doch sehr!" Torin schlürft an seinem Tee: "Ich glaube, bei ihr waren

das heute die Folgen dauerhafter Überlastung und An-
spannung der letzten Jahre. Mir kam es so vor, als ob
ein Ventil bei ihr aufgegangen ist."

Torin spielt mit der kleinen Lundi, als Maria und Ami
mit ihren Kleinen auf die Palisaden kommen. Carl-
Georg sah Badri sehr ähnlich und die kleine, süße Lilly
nuckelt an der Brust von Ami. Sie waren beim Alko-
holexzess nicht dabei gewesen. Der Rückzug in ihr kleines Häuschen war den beiden sehr wichtig. „Heute hat
wohl niemand mehr gearbeitet. Badri kann so ein Arsch
sein! Hast du nicht gestern erst Wache geschoben?" „Ja
leider, aber was will ich machen?" „Wir bleiben noch
ein bisschen hier bei euch beiden, wenn es euch nicht
stört. Wie alt ist jetzt Lundi?" „Die süße Maus wird in
einer Woche zwei Jahre. Wir versuchen ihr gerade bei-
zubringen, dass sie rechtzeitig sagt, wann sie aufs Töpfchen muss. Klappt schon ganz gut. Neon kackt ja immer noch in die Windeln und das mit drei Jahren!"

Der Tag wechselt in die Nacht. Billy ist von den Toten
aufgewacht und kommt angewackelt: „Scheiße, was für
ein Gesöff! Willst du dich hinlegen? Ich wecke dann
Arlo auf."

Am nächsten Morgen, als alle Bewohner (mit zum Teil
noch dickem Kopf) sich ausgedropt hatten, wird viel
Wasser zum Frühstück getrunken. Die Wasserkaraffe
ist ständig leer. Die Sonne heizt, wie in den vergangenen Wochen, wieder ziemlich früh und alles geht wieder seinen gewohnten Gang.

Raschenka lädt zu einem Appell auf den Hof. „Liebe Mitbewohner: sowas wie gestern Mittag darf nie mehr passieren. Der Alkohol tut uns nicht gut. Der kleine Klotz stürzt den großen Wagen. Badri Baasur, du wirst keinen Wein mehr zum Essen bringen. Du kannst ihn Arlo übergeben, dass der ihn zum Tauschen verwendet!" „Aye, aye, Sir! Eine Bitte hätte ich." „Und die wäre?", „Darf ich meine alte Ikone im Gemeinschaftssaal aufhängen!" Raschenka möchte gerade etwas darauf antworten, als sich plötzlich die Sonne verdunkelt, der Wind sich legt, die Hühner mit dem Gackern aufhören und Tula sich winselnd an Torins Bein schmiegt. Es wird sofort kalt und niemand konnte genau sagen, was das alles zu bedeuten hat. Es schien so, als würde sich der Mond vor die Sonne schieben. „Das ist eine Sonnenfinsternis!", stöhnt Valentyn erleichtert und drückt dabei seine kleine Agata ganz fest. „Das ist gleich wieder vorbei!" So war es dann auch. Nach zehn Minuten war das Naturereignis wieder vorbei.

„Was ist eine Sonnenfinsternis?", fragt der kleine Wally seine Mutti. „Willst du Raschenka, oder kann ich?" „Mach ruhig!" „Also Kinder, kommt mal her zu mir." Ami holte aus: „Der Mond kreist ja um die Erde, das wisst ihr ja, und die Erde kreist um die Sonne. Es gibt dann seltene Augenblicke, in denen Sonne, Mond und Erde auf einer Linie stehen. Wenn der Mond die Sonne vollständig verdeckt, dann ist es eine Sonnenfinsternis. Alles Banane?" Jetzt fragt Wally, was Banane ist und

Raschenka erklärt ihm, dass eine Banane eine leckere Frucht sei, die bei Ihnen im Moment nicht wachse, weil sie keinen Samen hätten. Alles Banane wiederrum heißt so viel wie: Alles klar. „Geil!", ruft der kleine Wally, „alles Banane" und Raschenka schüttelt den Kopf.

Heute ist viel zu tun auf den Äckern. Es ist Erntezeit. Amaranth, Süßkartoffeln und einiges mehr musste „vom Acker", wie es Maria postprosaisch ausdrückte.

Baadri hatte auf seinen Copter einen zweiten Sitz gebaut und Raschenka und er hatten einige Tage gefastet. Jetzt war die Zeit gekommen, dass sie sich zu zweit in die Lüfte erheben konnten. Sie haben Glück, dass Anfang Dezember die Regenzeit noch nicht eingesetzt hat.

Langsam steigt die Drohne in die Höhe. Mit geringem Tempo und nicht allzu hoch fliegen die beiden Richtung Nordosten. Raschenka sieht Unmengen von Geröll und Schrot, der zum Teil verrostet war, zumindest an der Wetterseite. Nach etwa einer Stunde Flug überqueren sie eine menschliche Ansiedlung. Sie ist ähnlich wie die ihre aufgebaut. Es waren friedliche Menschen, die oft zu ihnen zum Tauschen kamen. Beim Überfliegen winken viele von ihnen.
Der Sonnensturm 2045 hatte nicht überall die gleiche verheerende Wirkung gehabt, aber es kam auch auf die Deckung an, die zur Verfügung gestanden hatte.

Weiter geht es in einem weiten Bogen zum Rückflug. Raschenka ist, trotz der vergangenen Jahre, immer noch vom Ausmaß der Zerstörungen erschüttert. Sie sieht dann eine große bewachsene Mauer, die zu einem eingestürzten Gebäude gehört. Irgendwelche eiförmige Früchte hängen an den Zweigen. Sie stupst Badri in den Rücken und ruft ihm zu, dass er landen solle.

Beim Begutachten der leicht behaarten Früchte stellen beide fest, dass es sich um Kiwis handelt. Raschenka zieht die Machete aus der Scheide und nach dem Durchschneiden zuzelten beide das Fruchtfleisch aus dem Inneren der leckeren Früchte. „Die Kiwis sind reif und schmecken gut. Wie bekommen wir die nach Hause, sodass die anderen auch etwas davon haben?"

Badri sieht Raschenka fragend an, geht dann zu seiner Drohne und zieht unter den Sitzen ein paar Plastiktüten des letzten Jahrhunderts heraus. „In Georgien haben wir alles aufgehoben!", meinte er entschuldigend. „Wir pflücken die Früchte in die Plastikbeutel und stellen sie hier ab, ich fliege dich zurück und hole danach die Früchte ab!"

Nach mühevollen zwei Stunden hatten sie die Früchte geerntet. „Also los geht's. Flieg mich zurück, die Leiter könnten wir auch gut gebrauchen, die könntest du auch ins Lager fliegen!"

Es klappte alles bestens und bei einem dritten Flug brachte Badri auch die Leiter ins Camp.

Vor allem für die Kinder waren die Kiwis eine vorgezogene Weihnachtsüberraschung.

Damit alle Mitglieder am Weihnachtsessen teilnehmen konnten, spannten sie rings um ihr Refugium im großen Radius Stolperdrähte, die sie aus den Kupferkabeln gewonnen hatten. Daran hängten sie kleine Metallstücke und leere Currywurstdosen.

Das Weihnachtsmenü hatten Cloe und Eowyn übernommen. Zur Vorspeise gab es Radicchio- Salat mit karamellisierten Walnüssen. Der Zwischengang bestand aus einer Blaukrautsuppe mit einem Topping aus gerösteten Kürbiskernen. Zum Hauptgang gab es gefüllte Süßkartoffelschiffchen. Das Dessert bestand aus einem Schokomouse, dass sie wie die Walnüsse aus der eingelagerten Einsatzverpflegung herausgenommen hatten, mit Kiwischeiben.
Alle Bewohner waren voll des Lobes und ernannten Cloe zur Chefköchin des Refugiums. „Isch danke euch herzlisch und bin glücklisch, dass es euch geschmeckt hat."
Zum Abschluss des Mahles spendierte Raschenka wie jedes Jahr ein kleines Gläschen Whisky, auf das Eowyn verzichtete. Er stopfte sich eine Chilum und rauchte diese genüsslich in seinem Lieblingssessel.

Am zweiten Tag nach Weihnachten setzte dann der Regen ein. Es schüttete wie aus Eimern und mit 16° war es auch relativ frisch geworden.

Torin, der ja täglich Wetteraufzeichnungen machte, stellte bei seiner jährlichen Präsentation kurz vor dem Jahreswechsel fest, dass es fast keine Veränderungen zum Vorjahr gegeben habe. Von März bis Ende Oktober lag die durchschnittliche Tagestemperatur bei 38,3°. Mit dem erstmals eingesetzten Regenmesser konnte er auch die Niederschlagsmenge messen. Ein mm auf der Messscala des eingetauschten Gerätes entspricht ein Liter Regen auf einen Quadratmeter. (1mm = 1 L Regen/m²). Es regnete im Schnitt an einem Tag 24 l pro m², was ihre Regentonnen immer gut füllte.

Raschenka wies in ihrer Neujahrsrede die Bewohner darauf hin, dass ihre Zukunft in der zerstörten Welt auch davon abhänge, wie sie mit der Alternität ihrer direkten Nachbarn umgehen. „Wir sollten denen einmal einen Besuch abstatten." Weiter lobte sie die gute Zusammengehörigkeit unter den Bewohnern und das mittlerweile fast jeder einen festen Job übernommen hatte, um das Leben im Refugium erträglich zu machen. „Trotzdem müssen wir aufpassen. Unsere eiserne Regel gilt nach wie vor: Vertraut niemanden, egal wie hilfsbedürftig er auch ausschauen mag. Auf ein gutes 2053, lasst uns anstoßen!"

Mit dem Guten war es so eine Sache, bereits am 10.Januar brach ein gigantisches Hagelunwetter über sie herein. Der Hagel türmte sich über einen halben Meter auf. Zum Glück hatten sie für ihre Sonnenkollektoren und dem Copter eigene Wetterschutzports gebaut. Nur für den „Delorean" gab es keine Rettung, der Hagel zerstörte ihn komplett. Arlo schlug vor, die Hagelkörner in verfügbare Gefäße zu schaufeln und im untersten Keller, den sie neu gegraben hatten, zu lagern. Der Keller hatte eine konstante Temperatur von einem Grad und nun schleppten sie einige Tonnen Hagelkörner, die zum Teil größer als Taubeneier waren, hinunter. „Freue mich jetzt schon auf den Sommer, wenn ich nach dem morgendlichen Joggen mit meiner Osana dann in die Eistonne steigen kann!"

Den Delorean konnten sie verschmerzen. Sie hatten ja noch den einen Jeep, den roten Bus und die Drohne.

Es war aber nicht das einzige Wetterphänomen, mit dem sie zu kämpfen hatten. Ende Januar zogen wieder Tornados übers Land und diesmal kamen sie nicht so glimpflich davon. Backofen, Toilettenhäuschen und das Backsteinhaus von Maria und Ami hatte ein Tornado voll erfasst und weggerissen.

Und jetzt auch noch das. Tula hatte einen Käfer verschluckt, der in den warmen Ritzen der Bunkerwand überwintern wollte. Nach ungefähr fünf Sekunden spukte sie ihn wieder aus und röchelte ganz komisch, sodass sich Torin Sorgen machte, was mit ihr los sei. Es war ein Bombardierkäfer, der ein eindrucksvolles Verteidigungssystem besitzt. Wird so ein Käfer angegriffen oder gar verschluckt, blasen sie ätzende und übelriechende Gase direkt aus. Darum musste Zula den Käfer auch wieder auskotzen. Nur niemand wusste, zu was ein Bombardierkäfer in der Lage ist. Torin trat dann den Käfer platt: „Der wird nirgends mehr ausgekotzt".

Die Bewohner profitierten dann von dem schnellen Wetterumschwung auf Sommer und bauten alles, was der Tornado zerstört hatte, relativ zügig wieder auf. Es war jetzt Mitte Februar, eigentlich Faschingszeit und wunderschönes Wetter mit viel Sonnenschein. Die Bewohner träumten laut von frischen Krapfen."Isch lieben Kapfen!"

Raschenka fliegt mit Badri ein Runde Richtung Schweinfurt. Beim ehemaligen Kernkraftwerk in Grafenrheinfeld sehen sie etwas blinken und gehen runter. Das ganze Gebiet wurde 2023 zu einem offenen Industriedenkmal ausgewiesen. Ein Hangar stand noch und war nicht sehr zerstört. Nun ist er der einzige Flecken in der gesamten Umgebung, der umringt von riesigen Schutt- und Geröllbergen einsam dasteht. Erkennen konnte man das nur aus der Luft. Da es keine Ecke gab, die plan und eben war, konnte Badri kaum landen. Er schafft es dann doch. Die Beiden schauen sich um. Eine

Tür ist abgesperrt. „Haben wir gleich!" , sagt Raschenka.und mit dem Sturmgewehr ballert sie das große Schloss weg. Neben einer großen Kiste Jauuul- E-Zigaretten steht ein großer Lastencopter in der Halle. „Oh my Goddness, was ist denn das für ein Gerät?" Raschenka und Badri bekommen den Mund nicht mehr zu. „Das ist der RaaTSCeck 7.6 ein Prototyp!" „Und, fliegt der?" „Das werde ich gleich herausfinden, der hat einen externen Wasserstofftank, er kann also auch ohne Sonne fliegen!" „WOW!!"

Nach einigen Vorbereitungen lässt Badri den Vogel langsam aus dem Hangar schweben. Wahrscheinlich hatte ihn die Security im Einsatz. „Meinst du, dass du unsere kleine Drohne heimfliegen kannst?" „Na klar, no Problem, du hast mir es doch schon zigmal gezeigt!"

Badri musste schneller fliegen, sein Gerät war so ausgelegt. Doch das ist kein Problem für Raschenka, die die Gelegenheit nutzt, tief über das komplett zerstörte Schweinfurt zu cruisen. Es sah nicht gut aus und nirgends kann sie Menschen entdecken. Im Flussbett des vertrockneten Maines liegen verrostete Schiffswracks herum, wie große Saurierskelette überall im früheren Hafen verstreut. Dann plötzlich fliegen Steine und Pfeile durch die Luft. Raschenka will beidrehen, doch der Copter wird von einem Speer, der von einem Katapult abgeschossen wurde, getroffen. Sie kann noch einige hundert Meter weit fliegen, um dann unkontrollierbar nach unten zu trudeln. An einem Flutlichtlichtmasten des altehrwürdigen Willi-Sachs-Stadions bleibt sie hängen. Rasch checkt sie die Situation, springt aus dem Copter, der am Mast hängen bleibt und kann sich mit letzter Kraft an der Leiter des Flutlichtmasten festhalten. Sie klettert dann die 231 Sprossen hinunter, wo sie schon erwartet wird.

Im Refugium wird Badri mit großem Hallo begrüßt. Alle staunen und gucken. Vor lauter Euphorie über den Großraumcopter, in dem bis zu acht Leute Platz finden können, fällt niemandem auf, dass Raschenka nicht mitgekommen war. Der Check mit dem Geigenzähler war negativ.

Erst beim gemeinschaftlichen Abendessen fragt Torin Badri wo denn seine Mutter abgeblieben sei. „Ist sie nicht hier? Scheiße, sie wollte den kleinen Copter heimfliegen!" Arlo stöhnt auf: „Sie ist nicht hier!"

„Mon dieu! Wo isscht sie?" Cloe macht ein sorgenfaltiges Gesicht. „Wir müssen sie suchen!", sagt Billy, Coira fängt ein schauderhaftes Jammern und Heulen an. Valentyn hat Tränen in den Augen und erklärt, dass sie jetzt bei der Dunkelheit nichts ausrichten können. „Morgen früh starten wir mit dem Suchtrupp!"

Keinen von den Vieren schmeckt der Frühstückstee so richtig. Badri hat den großen Copter bereits gecheckt. Torin sorgt für die Bewaffnung und hängt auch die Kletterkralle, die er bei der ersten Befreiung von Raschenka von den Cyborgs erbeutet hatte, an den Copter.

Billy, Badri, Valentyn und Torin heben mit dem RaaTSCeck Copter ab. Arlo und Eowyn übernehmen das Kommando im Camp.

Die farbige Ami mit ihren kurzen roten Haaren übernimmt mit Stella die erste Wache.

An dem Hangar in Schweinfurt schauen sie zuerst nach Raschenka. Badri konnte nicht landen. Torin und Billy rutschen von den Sitzen, seilen sich ab und gehen in den verlassenen Hangar. Es gibt nichts Auffälliges zu entdecken. Badri lässt den Copter wieder soweit absinken, dass die Beiden bequem einsteigen können. „Raschenka hat bestimmt die Chance ausgenützt, um mit dem Copter die Gegend ein bisschen abzusuchen!" Während Torin das feststellt, macht er ein sorgenvolles Gesicht und schaut suchend durch sein Fernglas. Badri fliegt nun etwa fünfzehn Meter über die zerstörte Stadt. Überall Geröll und Trümmerlandschaft. „Da vorne hängt etwas!", schreit Torin. Der Copter wackelt, sie können es nicht erkennen. Als sie näherkommen, sehen sie es: An dem einen übriggebliebenen Flutlichtmast, der weit über das Gelände herausragt, hängt der kleine Copter. Badri zieht über den Turm und kann das Gefährt bis auf einen Meter über den Copter in der Luft halten. Torin klettert die kleine Einstiegsleiter hinunter und schaut in den Copter. Er ruft laut nach seiner Mutter, bekommt aber keine Antwort. Nur ihr Sturmgewehr ist noch da.

„Schlage vor, wir gehen da einfach einmal runter und schauen, ob wir eine Spur von Raschenka finden." Nach der Landung erkunden Billy und Torin die nähere Umgebung. Badri und Valentyn bleiben am Copter zurück. Billy und Torin identifizieren gefundene Bekleidungsstücke und ordnen sie Raschenka zu. Sie gehen zum Copter zurück und haben ein komisches Gefühl dabei. Sie konnten nicht ahnen, dass sie bereits im Focus hunderter Augenpaare lagen. Plötzlich ein ohrenbetäubendes Geschrei und aus drei Trümmerseiten stürmen halbnackte ausgemergelte Gestalten auf sie zu. Badri kann den Copter gerade noch hochziehen, um dem Hagel aus Steinen, Pfeilen und Speere auszuweichen.

Nach ungefähr einem Kilometer überfliegen sie ein Lager aus Wellblech und Plastikteilen. In der Mitte des Geländes steht ein Pfahl, an dem eine Person gefesselt ist. Raschenka – und sie ist vollkommen nackt! Es sieht aus, als ob sie verbrannt werden soll. Rechts im Hintergrund sehen sie den Mob anrennen, - nur noch ungefähr vierhundert Meter von dem Pfahl entfernt und rasend schnell näherkommend. „Lass den Copter runter!", schreit Torin. Er nimmt die Kletterkralle und hängt sie bei Raschenkas Fesselung ein. „Zieh hoch!" Es macht einen lauten Ratsch und der Pfahl samt Raschenka hängt am Haken. Torin muss einen der Angreifer erschießen, der sich noch an dem Pfahl festkrallen

192

konnte. „Zieh doch hoch!", schreit Torin nochmals verzweifelt und an seine Mutter gerichtet: „Es wird alles gut!" Billy und Valentyn überwinden ihren Schock und beginnen zu schießen. Trotz vieler Treffer fliegt ihnen so ziemlich alles entgegen, was das Völkchen werfen konnte. Plötzlich ein lauter Schrei von Raschenka. Ein Speer hatte sich in ihre linke Seite gebohrt.

Nach zehn Minuten Flug versucht Badri zu landen. Torin springt aus dem Copter und Billy schneidet den Pfahl ab. Auch Valentyn war abgesprungen und hält nun den herabfallenden Pfahl. Raschenka war ohnmächtig. Torin zieht mit einem Zug den Speer aus Raschenkas Flanke. Badri schmeißt seine Fliegerjacke hinunter und Billy hängt sie über die stark blutende Anführerin. „Du schaffst es, gebe jetzt nicht auf!", schreit Valentyn sie an. Der Copter fliegt wieder hoch und nimmt Fahrt auf. Billy und Torin halten die immer noch ohnmächtige Raschenka fest und drücken sie in den Sitz. Zwanzig Minuten später landen sie im Camp.

„Oh, mein Gott!" schreit Maria. Oben in der Unterkunft schaut sich Ami die Verletzung an und gemeinsam mit Maria verbindet sie die Schwerverletzte. Billy und Osana knieen sich hin um zu beten.

Torin und Arlo tragen ein Feldbett in den Gemeinschaftsraum und hieven Raschenka vom Tisch ins Bett. Da schlägt Raschenka die Augen auf und lächelt in die Runde. Sofort kommt Ami mit aufgelösten starken Schmerztabletten in einem Glas Wasser.

Valentyn kniet sich zu seiner Geliebten ans Bett und jammert irgendwas von „Du darfst nicht sterben." Alle schweigen, viele von ihnen haben Tränen in den Augen. Der kleine Neon fragt, ob Tante Raschenka jetzt sterben wird.

Es sieht nicht gut aus für die Anführerin. Sie fällt in ein Fieberdelirium.

„Was waren denn das für Irre, die Raschenka da gefangen hatten? Ist ja grausam, wollten die wirklich Raschenka nackt an einem Marterpfahl verbrennen?" Maria runzelt die Stirn und Torin antwortet: "Ja, Irre. Irgendeine Sekte, die sich wohl zurück in die Vergangenheit gebeamt hatte. So mit Wild-West-Indianer-Rache-Romantik oder so ähnlich. Keine Ahnung. Jedenfalls waren sie sehr aggressiv. Verhandeln war ja offensichtlich nicht möglich. Vielleicht fliegen wir nochmal hin und lassen ein paar Handgranaten fallen. Aber was soll das bringen? Meiner Mutter hilft das jedenfalls nicht weiter!"

Das Leben im Camp muss weitergehen. Coira pflegt ihre Pflegemutter mit rührendem Einsatz. Sie tupft ihre Schweißperlen von Gesicht und Stirn, streichelt ihre Hand und erzählt ihr schöne Geschichten über das Leben im Camp. Von Tula und dem tollpatschigen Neon und der lustigen Lundi, vom kleinen Carl-Georg und der kleinen Lilly. Irgendwann fällt ihr nichts mehr ein und sie beginnt von ihrer Kindheit zu erzählen. „Wenn du das hörst, wirst du wieder gesund werden. Ich brauch dich noch. Du hast ja gemerkt, dass ich in Nürnberg im „Endeavour" meine Kindheit verbracht hatte. Mein Vater und meine Mutter wurden vor meinen Augen erschossen. Mittlerweile kann ich mich wieder dran erinnern. Sie waren Wissenschaftler und deckten irgendeine Sauerei auf, die mit Sonnenenergieumleitung auf den Ozeanen zu tun hatte oder so ähnlich. Mich steckten sie ins „Endeavour", wo ich im Alter von acht Jahren vergewaltigt wurde. Eine ältere Frau fand mich in einem Kellerabteil mehr tot als lebendig und nahm mich mit zu sich nach Hause. Das war meine Rettung, sie pflegte mich gesund und wir überlebten zusammen in dem Stollen, der eigentlich für die Flucht der Bewohner gegraben wurde. Nach dem Knall wurden wir von Cyborgs gefangengenommen. Elsa, die Oma, die mich gerettet hatte, wollte mit mir fliehen. Sie wurde erschossen und den Rest kennst du ja. Ich konnte nie darüber sprechen. Jetzt liegst du hier und ich werde dich solange pflegen, bis du wieder gesund bist." Da sah Coira ein ganz kleines Lächeln über Raschenkas Gesicht huschen.

Die Tage vergingen, das Leben ging weiter. Doch Raschenkas Zustand verbesserte sich kaum. Die Zeit verging und Raschenka Gesundheitszustand wurde nicht besser.
Eines Tages schlägt Arlo vor, die Überreste der Leichen, die als Stoormdroopers verkleidet ihr Camp angegriffen hatten, zu verbrennen. Sie waren ihm schon

lange ein Dorn im Auge. Die Steine hatten nichts dagegen.

Badri, Valantyn und Torin flogen mit der RaaTSCeck Drohne ins Nachbarlager um dort nach einem Arzt zu fragen. Zuerst meldet sich niemand, nach einer Weile dann doch. „Jan-Peter Runge mein Name, was fehlt ihrer Anführerin und werten Mutter denn?", „Sie bekam einen Speer von den Bekloppten bei Schweinfurt in die Seite. Es sieht nicht gut aus. Die Wunde heilt nicht zu und nässt. Raschenka bekommt immer wieder starke Fieberschübe!", stöhnt Torin. „Ja die Makas, wie sie sich selber nennen, sind schon verdammt durchgeknallt. Ab und zu kommen sie vorbei, um Maniok einzutauschen, den wir mittlerweile selber anbauen. Wir haben viel von euch gelernt, obwohl wir nie lange bei euch im Camp verweilen konnten. Jedenfalls haben die Makas, ich nenne sie jetzt einfach mal so, auch vergiftete Waffen, Pfeile und Speere im Einsatz. Ich konnte ein Gegenmittel herstellen, eine Frau von uns bekam auch schon einmal einen vergifteten Pfeil in die Rippen. Hoffentlich ist es noch nicht zu spät für ihre Mutter. Am besten fliegen wir gleich los!" Jan-Peter Runge meldete sich bei seinen Mitbewohnern ab und flog mit in die „Neue Heimat".

Die Wunde sah nicht gut aus. Jan-Peter Runge schmiert eine Salbe auf die Wunde und injiziert das Gegenmittel. Zum Dank gibt ihm Billy die letzten fünf Einsatzverpflegungspakete mit auf den Rückflug. „Vielleicht können wir ja ein bisschen enger zusammenarbeiten in der Zukunft?" „Ich richte es aus."

In den folgenden Wochen geht es Raschenka langsam besser, die Wunde verheilte und die Symptome der Blutvergiftung gingen zurück.

Arlo, Billy und Badri hielten sich jetzt öfters im anderen Lager auf und man kam überein, einen eigenen Staat auszurufen. Das Staatsgebiet würde siebentausend Hektar betragen mit einer Bevölkerungszahl von 45 Menschen. „Die Anderen" bauen Maniok an, fangen ab und zu ein Reh und haben Stacheldraht. Es dauert Wochen bis die Föderation ihr „Staatsgebiet" gesichert hat. Es wird nur ein Eingang eingerichtet, wo ständig drei Menschen Wache schieben. Mit großen Anstrengungen hatten sie ein LKW-Wrack dorthin gezerrt, damit ein bisschen Schatten für die Wachposten vorhanden war.

Raschenka jedoch gefällt die Entwicklung mit der Föderation überhaupt nicht. Sie kann wieder laufen und Coira weicht nicht von ihrer Seite.

Torin hält eine Rede an die Anwesenden und stellt dabei fest, dass ihr Gesetz der Steine gebrochen wurde. „Euer Firlefanz mit den blöden Steinen zählt für uns nicht mehr!", schreit Arlo den besorgt blickenden Torin an. „Ihr könnt ja verschwinden, ihr habt hier im Camp nichts mehr zu sagen!"

Raschenka ist baff, Coira auch. Sie nimmt ihre Schrotpistole hoch, richtet sie auf Arlo und drückt ab. Dann schreit sie: „So spricht niemand mit Raschenka! Wer gehen will, kann gehen. Raschenka und ich bleiben hier!"

Billy schreit Coira an, was sie gemacht habe. Die Sonne brannte, alle sind verschwitzt und alle halten plötzlich Waffen in den Händen. Billy zerrt Osana zu sich und grölt sie an, dass sie ins andere Lager gehen werden. „Nein, ich bleibe hier, hau doch ab, wenn du nicht anders kannst. Ich bleibe bei Raschenka. Ich habe ihr viel zu verdanken, ohne sie wären wir beide schon längst tot. Das mit der Föderation war eine Schnapsidee. Du hast dich von Arlo anstecken lassen." Billy schluckt und Edie fängt zu schreien an: „Ihr habt ihn einfach erschossen, ich kann nicht mehr hierbleiben. Belfin komm, wir hauen ab!" Sie spuckt vor Raschenka aus, holt ihre Sachen und verschwindet mit Belfin. „Wollt ihr nicht bei der Beerdigung von Arlo dabei sein?" „Fuck you!" war Edies Antwort.

Valentyn, Cloe und Eowyn, die bisher nichts gesagt hatten, holen die Steine. „Wir stimmen jetzt ab, ob wir in der Föderation bleiben oder ob wir wieder selbstständig werden." Kurz vor der Abstimmung kommt Belfin zurück: „Ich möchte hierbleiben!" Er geht zu Coira, umarmt sie und gibt ihr einen Kuss. Beide waren ja erst vierzehn Jahre alt. Doch was niemand wusste: Sie haben schon ein paarmal zusammen geschlafen. Als Arlo sie dabei einmal überraschte, verprügelte er Belfin so sehr, dass dieser ein paar Tage nicht mehr laufen konnte. Edie schwieg dazu und leugnete die Verletzungen.

Die Abstimmung ergibt einstimmig, dass sie aus der Föderation austreten, aber mit „den Anderen" freundschaftlich verbunden bleiben möchten. Die zweite Abstimmung, ob Coira bestraft werden solle, ging im Ergebnis pari aus und damit passierte nichts.

Plötzlich hören sie von draußen einen Schuss. Es war Edie, sie hatte sich erschossen. „Manche Erlebnisse kann man einfach nicht zurückdrehen und verdrängen. Beide mussten viel Leid ertragen, darum war Arlo auch so geworden, wie die Bewohner ihn zuletzt erlebt hatten. Gott sei ihren Seelen gnädig. Amen." Billy schlägt mit der rechten Hand ein Kreuz. Belfin heult wie ein Schlosshund. Coira fasst ihn an den Händen und nimmt ihn mit auf ihr Zimmer. Dort lieben sie sich.

Torin und Badri fliegen am nächsten Tag ins Lager „der Anderen" und überbringen bei Tee und Manniokbrei die Entscheidung ihrer Mitbewohner. „Schade, aber wir akzeptieren es. Frieden soll zwischen unseren Camps herrschen!" Magnus von Zeillos wählte seine Worte mit Bedacht, wusste er ja auch um die schwere Bewaffnung der „Neuen Heimat". Jan-Peter Runge fragt nach, wie es Raschenka gehe und Torin berichtete, dass sie wieder auf dem Damm sei. „Wir müssen los, es sieht so aus, als ob da hinten ein Sandsturm aufzieht!"

Badri gibt dem RaaTSCeck die Sporen und so kommen sie gerade rechtzeitig zurück ins Camp, bevor der Sturm über sie hinweg zieht.

Am nächsten Morgen steht Jan-Peter Runge vor dem Tor. Ihm würde es hier besser gefallen, Magnus von Zeillos ginge ihm auf den Sack und es wären noch mehr Leute im Camp bei den „Anderen", die gerne hierherkommen würden. Das autoritäre Getue von Magnus von Zeillos gefiel den meisten Leuten dort nicht mehr. Dass er was Entscheidendes verschweigt, merkt ihm keiner an.

„Wir müssen die Steine sprechen lassen!" Runge schaut ganz komisch: „Seid ihr auch eine Sekte oder sowas?" „Uuhuhu", macht Torin und alle Mitglieder müssen über den erschrockenen Runge lachen.

„Also: weiß für Runge, schwarz gegen ihn!" Die Sonne stach vom stahlblauen Himmel. Runge schaut gespannt der Zeremonie zu. Trotz der Hitze hat er sowas wie eine Khaki-Hose mit vielen Taschen an den Seiten über seine langen Beine gezogen. Sie war an vielen Stellen zerrissen, wie auch sein Hemd, das durch die Sonne ziemlich ausgebleicht war. So wie es aussah, war es mal ein knallbuntes Hawaiihemd gewesen.
Seine Füße stecken in passabel erhaltenen Wanderstiefel. An seinem linken Handgelenk hängt eine goldene Uhr, die nicht mehr lief. Seine blonden Haare brauchten wieder einmal einen Frisör, wild standen sie in alle Richtungen. Seine listigen, blauen Augen wanderten

überall hin und musterten Camp und Personen ein- dringlich.

Dann stand das Ergebnis fest. „Hole deine Sachen!". Sie standen schon vor dem großen Tor. Es war ein Rucksack aus dünner Folie, der letzte Schrei vor dem Knall, sehr leicht und smartgesteuert. Jedenfalls vor der Katastrophe. Diese Art von Rucksäcken konnten sich selber Befüllen und auch sclbcr wieder Entleeren. Die Vorrichtung dazu war abgebrochen und smart ging schon lange nicht mehr. Der andere Rucksack ebenfalls aus der dünnen Folie gefertigt, war voll mit Medika- menten und Utensilien. „Ja, dann schau doch Wally gleich mal in den Hals, er klagt seit zwei Tagen über Halsschmerzen."

Erntezeit: Billy vermisste Arlo. War er ja derjenige ge- wesen, der sich in der Erntezeit am meisten eingebracht hatte. Aber das Leben musste weitergehen. Jan-Peter Runge brachte sich so gut es ging ein, aber er war wie auch Badri für die Landwirtschaft nicht gemacht. Gut machte sich erstaunlicherweise der Nachwuchs. Agata, Coira und auch Belfin dem man immer mehr anmerkte, dass er der Sohn von Arlo war. Billy wunderte sich nur über das Liebesverhältnis zwischen Coira und Belfin.

Erdbeeren konnten sie jetzt von Frühjahr bis zum Herbst ernten. Anscheinend hatten sie irgendwelche genbehandelten Sorten gepflanzt. Der Roggen vertrug die Sonne einfach nicht, drum stellten sie den Anbau ein. Dafür klappte es mit dem Amaranth immer besser und auch der Dinkel warf ein paar Körner ab. Süßkartoffeln, Melonen und Kürbisse sorgten für die Sättigungsbeilagen.

Ami und Maria, ihre Kinder Carl-Georg und Lilly fliegen heute das erste Mal mit ihrem gemeinsamen Vati mit dem Copter übers Land. Eine halbe Stunde dauert der Flug. Begeisterung pur einerseits, aber auch bedrückende Gefühle im Anbetracht der großen Zerstörung mit den vielen Trümmern.

Der zwölfjährige Wally hilft Cloe beim Karottenziehen. Er fühlt sich zurückgesetzt, weil Ami und Maria sich fast ausschließlich um ihren jüngsten Nachwuchs kümmerten. Früher war er die „Number one". Er konnte Agata gut leiden, die ihn aber spüren ließ, dass er noch ein kleiner Junge war. Was zwei Jahre in der Jugend so ausmachen. Jetzt war er in jeder freien Minute mit Cloe zusammen. Er mochte sie und hatte viel Spaß mit ihr. Auf Eowyn war er ein bisschen eifersüchtig. Der lag aber immer öfters total bekifft in seinem Zimmer und bekam deswegen Stress mit Billy und Torin.

Es war ein harter Tag. Valentyn und Raschenka, der es immer besser ging, haben gekocht. Sie hatten die letzten fünfzehn Dosen mit Currywurst geöffnet und aufgewärmt. Die meisten tranken Wasser dazu, es gab aber auch Tee. An den leicht salzigen Geschmack hatten sich mittlerweile alle gewöhnt. Bis auf den Doc, der dann den Vorschlag machte, das Wasser verdunsten zu lassen, um daraus Salz zu gewinnen. Es wird sich später jedoch herausstellen, dass dies keine so gute Idee war. Jan-Peter fragt in die Runde, ob die Bewohner sich überlegt hätten, ob er noch zwei Bewohner aus dem anderen Lager hierherholen könnte.

Die Steine hatten nichts dagegen und so fliegt er am nächsten Morgen mit Badri zu den „Anderen". Billy sagt zu Torin, dass der sich nur von der Arbeit drücken wolle und schmunzelt dabei.

Es müssen zähe Verhandlungen gewesen sein. Erst nach fünf Stunden kehren sie mit dem Copter zurück. Die gutaussehende Wanda Pollit und ihr Sohn Andreas stellen sich vor. Sie haben zerlumpte Klamotten an, machen aber einen sympathischen Eindruck. Besonders Agata hat gleich ein Auge auf Andreas geworfen. Er war ungefähr eins neunzig groß, hatte gelocktes, braunes Haar, das bis auf die Schultern reichte. Seine grün-braunen Augen funkelten beim Anblick des Lagers und seiner Bewohner.

Raschenka mit ihrem Gespür für Gefühle und Zuneigungen hat sofort gesehen, dass Agata ein Auge auf den Neuankömmling Andreas geworfen hatte. „Agata, willst du Andreas unser Bekleidungslager zeigen, damit er sich vielleicht was Passendes aussucht?" „Gerne, komm mit!" Sie nimmt ihn an die Hand und entschwebt mit ihm über die große Treppe hinauf in den Bunker.

Raschenka sagt dann zu Wanda Politt, die wie ihr Sohn auch ziemlich groß war, dass sie beide im Lager auch Arbeiten zu verrichten hätten, wie alle anderen auch. Lehmziegel wurden wieder gebraucht und ab morgen solle sie sich mit Andreas bei Valentyn melden.

Wanda hatte lange braune Haare, die durch den Wind, der durch das Camp blies, verstrubbelt wurden. Ihre braun-grünen Augen leuchteten wie bei ihrem Sohn. Die Narbe an ihrer Wange fiel einem erst auf, wenn man sie näher ansah. Sie war gut gebaut und wirkte trotz ihrer zerlumpten Kleidung fast elegant durch ihre stolze Haltung. Die Ähnlichkeit der Gesichtszüge mit ihrem Sohn war erstaunlich. Sie schien auch eine Frohnatur zu sein, wenn man das offene Lächeln so deuten wollte. Osana zeigt dann auch ihr die Kleiderkammer.

Jan-Peter Runge tastete sich fragend vor. Jeder im Camp merkte, dass er und Wanda Pollit ein Paar waren und so kam es dann, dass ihnen das Gemach von Arlo und Edie angewiesen wurde. Worüber die beiden sehr glücklich waren. Aber eine Eingewöhnungszeit gönnte Raschenka den beiden nicht. Sie schickt beide mit Eowyn und Valentyn zum Lehm ausgraben. Es war ein mühevoller Job. Vor allem das Einschlämmen nach der Rückkunft. Der Weg zu den Lehmgruben war auch nicht ungefährlich, aber vor allem anstrengend.

Nach getaner Arbeit machten sie sich dann müde, aber glücklich, gegenseitig im Zinkzuber sauber.

Raschenka kommt hinzu und erklärt beiden die Rangfolge des abendlichen Waschens: „Hier ist die Liste, ihr steht jetzt ganz unten für diese Woche. Nächste Woche rutscht dann Andreas ganz nach oben und ist dann als erster dran. Die Woche drauf kommt dann Wanda dran und so geht es weiter." Jan-Peter schaut erstaunt. Raschenka erläutert ihm, dass mit diesem System jeder einmal früher oder später drankommt. „Wenn jemand schinant von euch Dreien ist, dann kann er dort den aus Bettlacken selbstgebauten Paravent davor hinschieben. Aber keine Angst, es schaut euch niemand was weg. Es ist schon fast ein Ritual am Abend!" „Wie sieht es dann am Morgen aus?" „In der Früh wird nicht gewaschen, da brauchen wir den Zuber zum Spülen und ihr beiden meldet euch morgen früh bei Valentyn zum Ziegelformen!"

Torin und Stella haben Nachtdienst auf der Palisade. Torin hat das Bedürfnis, noch was zu trinken und holt sich eine Tasse Tee. Stella schielt in das Dunkel der Nacht. Ihre kleine Lundi schlief heute bei Raschenka und Valentyn. Nach langen acht Stunden zog die Sonne auf. Obwohl es schon Ende September ist, wird es wieder ein heißer Tag werden. Vom Frühstückstisch dringt ein lebhaftes Stimmengewirr zu ihnen. Dann kommen Ami und Maria und lösen sie ab.

Osana verteilt die frischgewaschenen Shemaghs. Für Jan-Peter, Wanda und Andreas gab es dazu Agals zum Festmachen.

Raschenka läutet die Glocke und möchte noch etwas sagen. Sie steht auf der zweiten Stufe der Aufgangstreppe und legt auch gleich mit kräftiger Stimme los:

„Guten Morgen liebe Freunde. Ich habe in der Zeit, in der ich meine Verletzung auskurieren musste, viel nachgedacht und ich habe viel gehört von eurem Getuschel. Ich hatte zwar die Augen zu, aber die Ohren auf. Ich lebe jetzt mit Torin neun Jahre hier im Bunker. Coira habe ich in der Cyborgs-Gefangenschaft gefunden. Nach fünf Jahren kamen Billy und Osana. Dann kamen nach und nach Eowyn. Valentyn, Agata, Belfin, Cloe, Ami, Maria, Wally, Badri, Jan-Peter, Wanda und Andreas zu uns. In der Zeit wurden Neon, Lundi, Carl-Georg und Lilly hier geboren. Arlo und Edie sind von uns gegangen, wie auch Igor und Khata Iwanischwili. Was ich sagen will: Ihr macht die Arbeit hier im Camp nicht für mich, sondern für euch und wenn das jemandem nicht gefällt, dann soll er gehen. Ich habe mir das auch nicht ausgesucht, aber ich habe vorgesorgt. Glaubt ihr denn, es hat Spaß gemacht, fünf Jahre lang den Bunker einzurichten? Während ihr noch Party gemacht habt, habe ich vorgesorgt! Ich habe geschwitzt, geblutet und geweint. Also Leute, macht euren Job, damit wir einigermaßen über die Runden kommen. Wir hatten jetzt schon lange keinen Angriff mehr, aber ich versichere euch, dass er kommen wird und dann müssen wir zusammenstehen und unsere Heimat verteidigen. Ich habe keine andere Idee, um zu überleben. Coira danke, dass du dich so um mich gekümmert hast. Ich habe deine Geschichten gerne gehört und sie gaben mir die Kraft weiterzuleben." Die Bewohner hörten mit gesenktem Kopf zu. Osana ist die Erste, die mit dem Klatschen beginnt, das dann im tosenden Applaus übergeht.

Es sah so aus, als ob die Bewohner auf so eine Ansprache gewartet hätten. Vieles war seit der langen Verletzung Raschenkas aus dem Ruder gelaufen.

Nach einem arbeitsreichen Tag auf den Feldern, Obstplantagen beim Windelwaschen und Ziegelformen, ist Cloe soweit, um mit dem Haareschneiden zu beginnen. Torin lässt sich seine üppige Mähne schneiden und rasieren. Auch Eowyn, Billy und Valentyn lassen sich den Kopf und die Bärte rasieren. „Soll ich?" fragte Belfin. Coira nickt. Jan-Peter, Wanda und Andreas überlegen noch. Ami, für die schon immer krause und kurze Haare dazu gehörten, kommt mit Söhnchen Wally und auch Osana lässt sich einen Undercut schneiden. Auch die wilde Matte von Andreas und Jan-Peter wird gezähmt, doch Wanda zieht es vor, ihre Mähne zu behalten. Als Letzte lässt sich Raschenka ihre Haare sehr kurz schneiden. „So, wer holt den Kissenbezug? Ich habe ihn oben hingelegt. Das wird wieder eine schöne Kissenfüllung!"

Billy ergreift das Wort. „Passt mal auf Leute. Im letzten Jahr haben wir schusssichere Westen gefunden. Ich verteile die jetzt und beim nächsten Angriff oder Einsatz werden die getragen."

„Immer wieder gut, deine Nudelpfanne mit Pilzen und Sprossen", schwärmt Eowyn seiner Liebsten vor. „Ja schon, nur die Nudeln werden halt auch nicht mehr frischer!" Cloe verdreht die Augen und Eowyn klopft ihr auf den feisten Hintern.

Billy nimmt Jan-Peter mit zur Wache und versucht, so gut es eben ging, ihm alles genau zu erklären. Von der Handhabung des Sturmgewehrs bis zum Tragen und Bedienen des Nachtsichtgerätes „Wieviel Leute sind denn jetzt noch im anderen Lager?" „Mit Magnus von Zeillos sind es nur noch sieben Leute. Am meisten tut mir Oma Clara mit ihrer Enkelin Sharonda leid." „Wieso das denn?" „Ist eine lange Geschichte!"

Agata, die sich Andreas geschnappt hatte, verlebt mit ihm eine leidenschaftliche Liebesnacht. Es war keine Seltenheit, auch schon vor dem Knall, dass sehr junge Paare mit dem Sex begannen. Für viele war es die schönste Zeit ihres Lebens. Leider ging die dann viel zu schnell vorbei, so dass dann oft nach der natürlichen Liebe neue Sexpraktiken probiert wurden, die aber nie das Glück der ersten Liebe erreichen konnten.

Am nächsten Tag wollen Raschenka, Badri und Valentyn einen Erkundungsflug in südlicher Richtung vornehmen. Sie laden dazu Wanda ein, die sich sehr darüber freut, dass sie mitfliegen darf.

Nach dem Anlegen der schusssicheren Westen geht es los. Vereinzelt entdecken sie umherstreifende Loner. Sonst keine Menschenseele und auch keine Tiere. Die Landschaft ist erschreckend trist. Nach einer Stunde

Flug sehen sie hinter einem Hügel Rauch aufsteigen. Als Raschenka durch den Feldstecher schaut, kann sie Menschen erkennen. Dazu eine riesige Funkantenne und auch sonst scheint es so, als ob sich die Bewohner der kleinen Ansiedlung eingerichtet hätten. „Sollen wir runter gehen?", fragt Badri, doch Raschenka verneint. Der Schreck mit den Makas saß noch sehr tief in ihr drin.

Dann fliegen sie den anderen Schenkel des geplanten Flugdreiecks ab, das sie vor dem Start festgelegt hatten. Am untersten Ende sind sie am weitesten von ihrem Camp entfernt. Sie überfliegen ein bergiges Gebiet mit Tälern und Bergen. Dann sehen sie sowas wie ein verfallenes Haus.

Nach der Landung gehen Valentyn, Wanda und Raschenka in das Lost Place Haus. Es sieht so aus, als ob es früher einmal ein Ausflugslokal gewesen war. Raschenka packt ein paar Küchenutensilien ein, von denen sie denkt, dass sie noch zu gebrauchen seien. Valentyn räumt ein paar Bretter auf Seite und macht damit einen Raum zugänglich. Vermutlich früher ein Lagerraum. In einer Ecke stehen in Aluminium vakuumierte Kaffeetüten mit zweieinhalb Kilo Inhalt. Hier muss früher richtig was los gewesen sein! Raschenka stellt die Utensilien ab und packt sich links und rechts ein Paket Kaffee. Wanda und Valentyn machen das gleiche. „Kaffee!", ruft sie begeistert Badri zu. „Wieviel können wir mitnehmen?" „Warte!", er klappt die beiden hinteren Transportkörbe aus und zeigt, dass links und rechts je sechs Pakete reinpassen würden. Wanda findet dann auch noch Filtertüten, die ebenfalls in Aluminium eingeschweißt waren.

„Da sollten wir noch einmal herfliegen, da ist noch vieles da, dass wir gut gebrauchen können! Hast du die Zehn-Liter-Eimer mit Pflanzenöl gesehen? Das dürfte doch auch noch gut sein," stellt Raschenka beim Einsteigen fest. Badri konzentriert sich auf den Abflug. Sie überfliegen wieder völlig menschenleere Gebiete. Dörfer in Trümmern und schon mit Moos und Flechten überzogen. Nach zwei Stunden Flugzeit kommen sie wieder in der „Neuen Heimat" an, rechtzeitig zum Nachmittagskaffee.

Raschenka schwingt die Glocke und läd alle zum Kaffeetrinken ein. Stella, Torin, Agata, Andreas, Wally, Coira und Belfin trinken zum ersten Mal das schwarze Gebräu.

In der Nacht, Eowyn und Cloe haben Nachtschicht, läutet plötzlich die Glocke. Eine ältere Frau mit einem vollgepackten Kinderwagen und ein junges Mädchen stehen vor dem Tor. „Soll ich aufmachen?" „Ja, sei aber leise, damit die anderen nicht wach werden!" Eowyn geht ans Tor und dreht einen Spalt auf, gerade so groß, dass die alte Frau den Kinderwagen durchschieben konnte. Die Frau war völlig außer Puste und berichtete dann etwas Erschreckendes.

Nach weniger als einer halben Stunde sind alle auf ihren Posten und lauschen in die Nacht. Raschenka schaut durch das Nachtsichtgerät auf das weite Land. Nichts außer Steppe, Sand und vertrocknete, tanzende Distelzweige.

„Sie kommen!" ruft sie plötzlich in die Nacht. Die Augen der Bewohner hatten sich an die Dunkelheit gewöhnt. „Lasst sie so auf hundert Meter rankommen, ich sage, wann wir anfangen. Zielt genau!"

Raschenka wartet noch drei Minuten, dann gibt sie das Zeichen zum Feuern. Zwanzig Sturmgewehre feuern auf einmal los, zwanzig Angreifer fallen um. Bei der nächsten Salve ebenso viel. Das Schießtraining hatte sich jetzt schon ausgezahlt. „Es ist noch nicht vorbei!", warnt die Anführerin. Sie blickt durch das Zielfernrohr. Wally schenkt Kaffee aus. „Mein Gott, das ist ja richtiger Kaffee, ich kanns nicht fassen, dass ich das nochmal erleben darf.", staunt Neuankömmling Clara.

Raschenka erkennt den Mann im Visier. Er war es, der sie am meisten erniedrigt hatte. Diese Fresse wird sie wohl ihr ganzes Leben begleiten. Er steht da mit seiner zerfetzten, dreckigen Kleidung und schaut zum Camp. Zwei Sekunden später ist er tot. Zwei von den anderen Makas kann sie noch erwischen, bevor die restlichen Angreifer wild gestikulierend Richtung Osten davonrannten. „Sind die durchgeknallt oder was ist los mit denen?" ruft Billy in die Runde.

„Wen haben wir denn da?" Raschenka schaut die alte Frau und das kleine zitternde Mädchen an. „Mein Name ist Clara und das ist meine kleine Enkelin Sharronda.

Im anderen Lager haben sie alle Oma Clara zu mir gesagt." Sie hatte ihre grauen Haare zu einem Dutt frisiert. Ihre Haut war wie gegerbt und mit tiefen, faltigen Furchen durchzogen. Ihre Kleidung muss einmal sehr bunt gewesen sein. Schuhe hatte sie keine an den Füßen und um den Hals trug sie eine dicke Bernsteinkette. Ihr fehlten ein paar Zähne.

„Jan-Peter, Wanda und Andreas kennen mich sicherlich noch. Wir konnten uns gerade noch so retten und hatten einen Tag Vorsprung. Die anderen wurden sicherlich alle getötet. Könnte ich noch einen Kaffee bekommen? Der schmeckt so gut!" „Wally, schenke unserer neuen Mitbewohnerin noch einen Kaffee ein! Wie alt ist die Kleine?" „Sieben wird sie im Dezember, ihre Mutter ist bei der Geburt gestorben. Sie wurde vergewaltigt und bekam das Kind. Ich wurde auch mehrfach vergewaltigt, aber ich kann keine Kinder mehr bekommen. Jetzt sind wir hier bei euch angekommen. Das war mein großer Traum" „Okay, Osana zeigt euch, wo ihr euch waschen könnt und wo euer Bett steht. Morgen früh eine Stunde nach Sonnenaufgang fliegen wir los und schmeißen die Handgranaten gezielt ab. Wie hoch müssen wir fliegen, damit die Dinger nicht schon in der Luft explodieren?" „Keine Sorge, das sind die neueren Granaten, da kann man die Detonationsgeschwindigkeit einstellen." sagt Torin.

Pünklich um sieben Uhr fliegen sie los. Raschenka ist nicht dabei. Badri, Torin, Valentyn und Eowyn haben sich die schusssicheren Westen angezogen. Torin sieht lustig aus mit dem alten roten Fahrradhelm, den er sich über den Kopf gezogen hat. Eine halbe Stunde später fliegt die erste Granate auf das größte Haus in der Mitte der Siedlung. Danach fliegen alle fünfzehn Hütten in die Luft. Ein paar Speere kommen ihnen zur Abwehr entgegen, doch Torin legt sein Sturmgewehr an und erschiesst den Mann am Katapult. Eowyn, der schon früh am Morgen bekifft war, schiesst wie ein Verrückter. Badri dreht ab.

Beim Rückflug hatten sie kein gutes Gefühl, aber es musste sein, das wussten sie. Im Camp halfen sie mit, die anderen toten Makas, die vor dem Camp lagen, einzusammeln und auf einen großen Haufen zu stapeln. Raschenka schmiss die Fackel.

Wie viele Menschen mussten sie in den vergangenen Jahren töten, um in Ruhe leben zu können. Ein Dialog zum Frieden war nicht möglich. Und ihre Kinder sahen bei den Kämpfen zu. Und machten zum Teil auch schon mit, jedenfalls Coira mit ihrer geliebten Schrotpistole.

Raschenka machte sich schon bisschen Sorgen um ihre kleine Maus, aber sie hatte wie alle anderen schon so viel Gewalt erleben müssen, dass sie die Reaktion von Coira beim Verbalangriff von Arlo so für sich erklären konnte. Eine friedliche Menschheit hat es nie gegeben, wieso sollte sich das jetzt ändern? Bestialische Verbrechen gab es immer auf der ganzen Welt. In manchen Menschen scheint tatsächlich etwas Diabolisches zu stecken. Es ist der ewige Kampf zwischen Gut und Böse.

Torin reißt sie aus ihren Gedanken. „Erledigt!", sagt er nur, „habt ihr noch Kaffee da?" „Kannst du dann bitte nach dem Frühstück mal Stella zu mir schicken?"

„Guten Morgen Stella, was macht die kleine Lundi? Höre, was ich dir sagen will und denke bitte genau nach!" „Alles gut mit der Kleinen. Ich denke immer scharf nach, wenn du mir etwas sagst!"

„Pass mal auf Engelchen, wir sollten uns weiter bewaffnen. Könntest du mal scharf nachdenken, wo das Munitionsdepot und der Schießstand der BW in Volkach war?" „Da brauche ich nicht lange überlegen, ich weiß genau, wo das ist! Mein Vater hat mich da oft mit hingenommen, wenn er die Schützenschnüre für die treffsichersten Soldaten verteilt hatte."

Oma Clara kommt mit der kleinen Sharronda angewackelt. „Wie kann ich euch helfen, ich bin noch ziemlich fit und ich muss euch später unbedingt etwas ganz Wichtiges sagen!" „Jetzt trinke erst mal einen Kaffee. Später wäre es gut, wenn Sharronda zum Unterricht kommt. Du kannst dann im Laufe des Tages die Zitronen an den drei Bäumchen im Garten ernten."

Clara nimmt einen Schluck und schaut hinüber zu Jan-Peter Runge, der am Tor lehnt und dem Treiben im Camp zuschaut. „Was willst du mir sagen?" „Du wirst das nicht gerne hören. Jan-Peter Runge machte gestern Nacht mit den Makas gemeinsame Sache. Er gab ihnen den Hinweis, dass ich zu euch kommen wollte und sie haben mich dann einfach verfolgt und ich habe sie ungewollt zu euch geführt." „Wie hast du das gemacht?" „Da musst du die Makas fragen, die hatten mich verfolgt. Jeder im Lager der Anderen wusste, dass ich hierher zu euch wollte. Ich habe eure Bekannten Mo und Cora in Mönchengladbach getroffen. Sie haben dort auf ein Schiff angeheuert, das sie zum Nordkap bringen sollte, aber das wisst ihr sicher. Von Ihnen habe ich dann die handgezeichnete Karte bekommen, als ich Ihnen erzählte, dass ich ein Camp suche, in dem die kleine Sharronda sicher aufwachsen kann. Ich habe viel Leid erfahren auch auf dem Weg zu euch. Ich war über ein Jahr unterwegs. Die Makas holten sich ja immer Maniok bei den Anderen und da belauschte ich aus Zufall ein Gespräch von Runge mit dem Anführer der Makas. Er erzählte ihm, dass ich in einer Woche zu euch aufbrechen wollte. Ich habe mich dann noch in derselben Nacht aus dem Lager geschlichen. Ich war wahrscheinlich zu langsam unterwegs."

„Das ist jetzt eine schwerwiegende Anschuldigung! Wenn das stimmt, muss er das Lager verlassen!"

Bei der Versammlung schreit Runge dann wie ein Berserker herum: „Die Alte spinnt doch, die hat doch einen an der Waffel!" Er redet sich in Rage: „Ich und die Makas, so ein Quatsch!" Dann meldet sich Wanda Politt zu Wort: „Was Clara gesagt hat, stimmt alles, Jan-Peter wollte mit Hilfe der Makas die Herrschaft über die „Neue Heimat" übernehmen. Er war dann aber über eure Feuerkraft überrascht und ist vom ursprünglichen Plan mit der Öffnung des Tores abgekommen." „Du alte Fotze, wie kannst du das sagen? Du hast es doch auch gewusst." „Ich habe gar nichts gewusst, ich habe mir das zusammengereimt, nach deinen komischen Verhalten am Angriffstag und auch schon vorher."

Raschenka beendet dann die Streitereien. Nachdem die Steine gesprochen hatten, musste Jan-Peter Runge das Lager verlassen. Beim Hinausgehen stößt er unflätige Drohungen aus. Als Raschenka ihm direkt ins Gesicht blickt, kann er ihren Blick nicht standhalten. Dann reicht sie ihm die Hand zum Abschied: „Komm, lass uns in Frieden auseinander gehen!" Der Handschlag mit Runge erinnert sie an einen katholischen Pfarrer, den auch so ein schlaffer Händedruck auszeichnete. Trotz aller Beschimpfungen hat Wanda Tränen in den Augen, als das Tor wieder geschlossen wird. „Willst du mit ihm ziehen?" Mit weinerlicher Stimme antwortet Wanda, dass sie das nicht wolle.

Nach der ganzen Aufregung mit dem Verräter freuten sich die meisten Bewohner auf das Mittagessen. Es gibt heute wieder einmal Bisamratten, gebraten mit Championragout. „Hatten wir schon lange nicht mehr!", schmatzt Eowyn. „Meinst du das jetzt ironisch?", fragt Osana. „Pilze gibt es doch fast jeden Tag, ehrlich gesagt kann ich sie fast nicht mehr sehen!"

Da klingelt es bei Badri und er sagt zu Raschenka, dass er und noch ein Freiwilliger nochmal dorthin fliegen könnten, wo der Kaffee war. „Ich weiß, was du holen willst, mach das! Ich sag jetzt mal noch nichts. Das wird eine große Überraschung werden. Warte kurz, ich gehe mit hinunter. Nimm Belfin mit, dem schadet so ein Flug überhaupt nichts." Unten am Abflugplatz flüstert sie Badri ins Ohr, dass sie sich auf die Süßkartoffel- Frites jetzt schon freut.

Etwas machte ihr aber noch große Sorgen: Der Zahnpasta Vorrat neigte sich dem Ende entgegen, eine Woche würden die zwei Tuben noch reichen. Oma Clara meldet sich zu Wort und erklärt, dass man Zahnpasta auch selber machen kann.

Raschenka und Clara wühlen im Lebensmittellager und finden alles, was sie brauchen: Natron, Kokosfett und getrocknete Kamille, dazu aus dem Kräutergärtchen frische Minze. „Also, es geht dann folgendermaßen: Kokosfett erhitzen, die getrockneten Kamillenblüten und die frische Minze hinein, mindestens eine Stunde ziehen lassen, besser zwei, dann aber immer wieder leicht erwärmen. Nicht zu heiß machen, gerade so, dass das Fett flüssig bleibt. Dann abseihen, Natron dazu, gut verrühren, fertig. In Töpfchen abfüllen und einen kleinen Löffel dazu legen." „Danke Clara, ich sehe schon, du wirst uns eine große Hilfe in der Zukunft sein."
Badri und Belfin kommen zurück, sie hatten siebzig Liter Speiseöl dabei. Nach dem Aufräumen im Lager, öffnet Raschenka einen Eimer. Zwei gezielte Schläge mit dem unteren Rücken des großen Küchenmessers und

das Öl sprudelt. Sie setzt einen Topf auf den Herd und schüttet die Hälfte des Öls hinein zum Erhitzen.

„Wie weit seid ihr mit den Süßkartoffeln?" Osana wiehert: „Jetzt weiß ich, wieso du die Süßkartoffeln in Stifte geschnitten haben wolltest." Es war ein Festmahl, alle freuten sich über die leckeren Frites.

Nach dem Essen brechen dann Stella, Badri, Torin und Billy auf, um zum Außenlager der Bundeswehr zu fliegen. Stella findet den Schießplatz nicht auf Anhieb. Es sieht alles so anders aus. Badri fliegt dann tiefer.

Dann erkennt Stella etwas, was sie an früher erinnert. Irgendein Schild, das auf dem bemoosten Boden liegt.

Badri geht runter und die Suche beginnt. Ein Ziegeldach schaut aus dem Flugsand heraus. Sie müssen graben. Nach zwei Stunden die erste Pause. Weitergraben. Sand rutscht immer wieder nach unten nach. Nach weiteren mühevollen zwei Stunden kommen sie zu einer Tür aus Eisen. Verschlossen. „Geht mal auf Seite!" Torin legt mit dem Sturmgewehr an und schießt das Schloss auf. Die Türe geht nach innen auf. „Wir brauchen Licht!" Badri holt seine große LED-Lampe und im Stollen ist es mit einem Mal taghell. Dann sehen sie etwas Grässliches. Drei verweste Leichen liegen verteilt auf dem Boden. „Leuchte mal dahinter, da scheint noch ein Raum zu sein."

Unmengen von Munition liegt herum und ein großes MG neben einer Anzahl Sturmgewehre. Stella fällt es zuerst auf. „Alles Übungsmunition!" Sie suchen weiter, können aber nichts Brauchbares mehr finden. Beim Hinausgehen stolpert Billy so unglücklich, dass er hinfällt. Beim näheren Hinsehen erkennt er die Spitze einer Kiste, die da aus dem Sand herausschaute. „Kommt mal her, bringt die Schaufeln mit!" Nach weiteren drei Stunden graben, sind sie am Ziel: Vier Kisten scharfe Sturmgewehrmunition, eine Kiste MG- Munition, einen Granatwerfer mit zwei Kisten dazugehöriger Munition können sie neben vielen unbrauchbaren Dingen ausgraben. Auch vier hochmoderne Armid- Gefechtshelme mit integriertem Infrarotsichtgerät zählen zu ihrer Beute.

Der Rückflug gestaltet sich schwierig. Die Drohne war eigentlich überladen.

Nach dem Ausladen und Verstauen der Waffen holen sie aus dem hinteren Keller die letzte der Eisboxen, die vom großen Hagelsturm noch übrig war.

Alle vier stellen sich dann unter lautem Jauchzen hinein und genießen das kühlende Nass. „Ist noch was von den Pommes da?", ruft Torin hinauf zu den Mitbewohnern, die gerade mit dem Spülen fertig waren. Wanda und Osana schauen nicht erfreut. „Ein paar können wir euch noch in der Pfanne warm machen!"

Der Wind facht das Feuer des Scheiterhaufens immer wieder vom Neuem an. Es war kein angenehmer Geruch. Schade, dass die „Anderen" jetzt völlig ausradiert waren. Gab es doch früher recht brauchbare Sachen zum Tauschen. Seit drei Wochen kam niemand mehr vorbei, der etwas tauschen wollte.

Das Jahr ging zu Ende, die Brombeeren waren gepflückt und die Regenzeit begann. „Jedes Jahr derselbe Scheiß!", dachte Torin und ging mit Tula ein bisschen spazieren. Tropfnass kamen sie zurück.

Weihnachten 2053 war für alle wieder ein schönes Fest, bei dem auch einige Tränchen vergossen wurden. Stille Nacht, heilige Nacht wurde gesungen.

Das über 250 Jahre alte Weihnachtslied setzte weitere Emotionen frei. Billy hielt eine wunderschöne Predigt. „Wir werden die fortschreitende Agonie auf dem Planeten mit Gottes Hilfe stoppen, zumindest hier in unserem Camp. Gott ist mit uns und in uns. Lieber Gott, wir danken dir für die vorzüglichen Gaben. Wir nehmen sie gerne an, danken dir, dass du uns deinen Sohn geschickt hast." Sie ließen Billy gewähren, manche aus dem Camp warteten auch schon auf seine Ansprache. Was sicherlich auch mit seiner warmen Stimme zu tun hatte. Cloe war eine seiner größten Fans.

Von ihren mittlerweile 19 Hühnern schlachten sie acht Stück und braten sie nach und nach mit einem drehenden Stock über offenem Feuer. Dazu gibt es frittierte Süßkartoffelchips mit Knoblauch.

Es schmeckt vorzüglich, Clara hat Tränen in den Augen. Plötzlich bricht es aus ihr heraus und die tapfere

Frau heult Rotz und Wasser. Die kleine Sharronda läuft zu ihrer Oma, streichelt sie zärtlich über die Wangen und sagt ihr, dass sie nicht mehr weinen müsse, da sie in Sicherheit sind. Jetzt erst wird so manchem Bewohner des Camps klar, was Clara und ihre Enkelin durchgemacht haben müssen.

Der Regen ließ nicht nach, eigentlich war es wie jedes Jahr. Der Jahreswechsel vollzog sich unspektakulär. Soweit fehlte es ihnen an nichts. Die Stimmung war auch gut. Winterzeit war die Zeit, um Spiele zu machen. Schach, Mensch ärgere dich nicht und Mühle waren die bevorzugten Matches. Trotzdem mussten immer zwei Personen Wache schieben. Der Plan hatte eine neue Zusammenstellung ergeben. Dieses Mal hatte ihn Torin ausgearbeitet und er sah folgende Reihenfolge vor: Raschenka/Coira

Torin/Stella

Billy/Osana

Eowyn/Cloe

Badri/Wanda

Valentyn/Agata

Maria/Ami

Belfin/Andreas

Beim Wachdienst kamen sich Wanda und Badri näher. Er war ja kein Kostverächter und sie war eine wirklich sehr gutaussehende Frau mit weiblichen Reizen.

Es dauerte nicht lange und sie zog zu Badri in dessen Unterkunft und ihre vaginale Aktivität konnten die Mitbewohner in jeder Nacht hören.

Im Januar roch es herrlich nach frischem Lauch, den sie als Wintergemüse gepflanzt hatten. Mit Rosenkohl hatten sie kein Glück, da fehlte der nötige Frost. Jetzt im Winter war es eine angenehme Abwechslung auf dem Speiseplan. Sie bereiteten daraus Suppen, Gemüse, Süßkartoffel-Lauchplätzchen, Pilz-Lauch-Topf und geschmorten Lauch mit Kürbiskernen.

In diesem Frühjahr blieben sie von größeren Unwettern verschont. Worüber die ganze Mannschaft im Camp sehr erfreut war.

Billy versuchte, hin und wieder irgendetwas im Radio oder Fernsehen zu empfangen, aber sie bekamen nur eine grieslige Mattscheibe zu sehen. Auch das Morse- und Funkgerät wurde mindestens einmal im Monat von Torin oder Billy benutzt. Nichts! Unklare Lage. Es war schon ein bisschen deprimierend für die beiden und den Rest der Bewohner. Manche von ihnen bekamen es aber gar nicht mit, weil sie sehr mit sich selber und ihrem Partner beschäftigt waren. Sie machten das Beste aus der Situation und dachten nicht viel nach, wie Eowyn und Cloe oder seid neuesten Badri und Wanda und auch Andreas mit Agata. „Double A" wie die beiden genannt wurden, kamen in der Winterzeit nur noch zum Essen aus ihrer Unterkunft. Es kam, wie es kommen musste. Agata wurde schwanger und damit würde Valentyn bald Opa werden. Aus dem Liebesabenteuer in jungen Jahren wurde ernst. Andreas kam aus der Nummer nicht mehr heraus, dafür würden die Bewohner des Camps schon sorgen.

Aber noch war es nicht soweit. Ende März ließ diesmal erst der Regen nach. Anfang April war es dann schon wieder richtig heiß. In diesem geringen Zeitfenster zwischen Ende der Regenzeit und Beginn der Hitze pflückten die Bewohner alles, was zu sprießen anfing. Löwenzahn, Schafgarbe, Brennnessel, Schafbockskraut und seit dem letzten Jahr auch Bärlauch. Clara bereitete mit Hilfe ihres Stabmixers, dem letzten Utensil ihres früheren Lebens als Hotel Garni Besitzerin, einen wohlschmeckenden und sehr gesunden Smoothie.

Die Zeit der Spiele war vorbei, jetzt waren alle Kräfte auf Feld und Garten gefragt. Unter der Folie wuchsen die ersten Erdbeeren heran. Blühendes Land sieht anders aus, aber für die Bewohner war das Camp schon sowas wie ein kleines Paradies. Das stellten auch immer wieder einmal Tauschwillige fest, wenn sie auf einen Tee in den Innenhof eingeladen wurden. Man sah es dem Camp von außen nicht an, was sich hinter dem großen Tor befand. Überhaupt erkannte man das Camp von außen erst, wenn man fast unmittelbar davorstand. Gelände, Hohlgraben und Camp hatten alle dieselbe

Farbe. Dieses Sahara-Lehm-Gemisch machte die Augen trügerisch, um irgendetwas Besonderes zu erkennen. Der Trott der Zeit.

Es kamen aber jetzt doch wieder mehr Leute vorbei, die etwas eintauschen wollten. Viele mussten sie wieder weiterschicken, weil sie die angebotenen Sachen nicht gebrauchen konnten. Was wollten sie mit einem Surfbrett oder selbsteinpackenden Rucksäcken anfangen. Gesucht waren einfache Dinge wie Essig, Öl, Bügeleisen, Fett. Der Vorschlag von Eowyn, einen Hofladen zu errichten, wurde abgelehnt. Auch wegen dem momentan geringen Traffic auf der Mainroute.

Die Zeit verging und die Dinge nahmen ihren Lauf. 2054 wird als, bis hierhin, ertragreichstes Jahr in die Geschichte des Camps eingehen, auch weil unter den wiederauftauchenden Insekten einige Bienchen dabei waren.

Zehn Jahre Später

Torin war mittlerweile 34 Jahre alt, seine Frau Stella 31 und ihre Lundi auch schon 14 Jahre. Raschenka feierte ihren 54. Geburtstag und Oma Clara wurde 73 Jahre alt. Cloe Meyer und Eowyn Morgenstern haben geheiratet und vor, sich aus dem Camp zurückzuziehen, trauen es sich aber nicht zu und bauen deshalb immer noch erfolgreich Gras an. An der meteorologischen Situation hat sich wenig verändert. Die Leute im Camp haben sich nur noch mehr dem Wetter angepasst. Die hier aufgewachsenen Kinder wissen gar nicht, wie es früher einmal auf der Erde ausgesehen hatte. Raschenka sagte einmal: „Durch verarbeiteten Schmerz entstehen oft die wundervollsten Ergebnisse." Womit sie nicht unrecht hatte. Ihr Lebenswerk war das Ergebnis im Camp. Schmerzen bereitete ihr immer wieder mal die Verletzung, die sie bei der Flucht vom Marterpfahl erhielt. Beim Gedanken daran, dass sie verbrannt werden sollte, bekommt sie immer noch eine Gänsehaut.

Es gab von verschieden Leuten in anderen Camps Vorschläge, wieder eine gemeinsame Währung einzuführen. Was sich aber bis jetzt nicht durchgesetzt hat. Raschenka und ihre Leute hatten jedenfalls noch keinen Gedanken daran verschwendet.

Der Tauschhandel blühte und es ist alles etwas ruhiger geworden. Seit fünf Jahren hatten sie keinen Angriff mehr auf ihr Refugium zu verzeichnen. Trotzdem behielten sie den Wachdienst in der Nacht bei.

Mittlerweile hatten sie eine Teigknetmaschine, älterer Bauart, im Betrieb und auch einen modernen Backofen, der elektrisch beheizt wurde. Das Brotbacken boomte, waren sie doch die Einzigen im gesamten Umkreis, die das Getreide selber anbauen und verarbeiten konnten.

Aus den gepflanzten Agaven gewannen sie Sisal. Aus den Fasern der Blätter fertigten sie Matten und Teppiche.

Vieles machte der forcierte Hanfanbau von Eowyn und Cloe möglich, bei dem mittlerweile auch Ami und Maria mit ihren zwölfjährigen Kindern Carl-Georg und Lilly halfen, wenn sie die nötige Zeit aufbringen konnten. Der Nachwuchs musste morgens zur Schule, da war Raschenka stur. Ami hatte noch die Krankenstation unter sich und Maria half Oma Clara und der mittlerweile auch schon achtzehnjährigen Sharronda, der Enkeltochter von Clara, im Kräutergärtlein, wo sie hauptsächlich Gemüse für den Eigengebrauch anbauten.

Amaranth und Erdbeeren waren weitere Hits in ihrem Angebot.

Dazu kam auch der Honig, den Billy seit etwa fünf Jahren aus seiner erfolgreichen Bienenzucht gewann. Der gläubige Christ hatte auch nach schweren Rückschlägen nicht aufgegeben, immer wieder von Neuem mit seinen Bienen anzufangen. Sie hatten neues Land erschlossen und darauf Raps für die Bienen angebaut. Mittlerweile hatte er siebzehn Völker und wenn Valentyn auf den Amaranthfelder nichts zu tun hatte, half er bei Billy mit aus.

Coira und Belfin machten sich in alten Fachbüchern schlau, wie man Getreide veredeln und kreuzen konnte und es gelang ihnen tatsächlich, eine Sorte zu züchten, die Hitze gut vertragen konnte.

Zum Fuhrpark gehörten mittlerweile neben dem roten Bully, dem Jeep und der Drohne, auch ein kleiner alter Mähdrescher aus einem Museum und ein John Deere mit Hänger. Dazu noch zwei weitere Drohnen.

Das Erfolgsgeheimnis der „Neuen Heimat" machte Schule und im vertrockneten Maintal ließen sich immer mehr Menschen nieder. Es war natürlich noch alles ziemlich überschaubar.

Mühevoll war die Arbeit mit dem Stacheldraht, den sie neu verlegten. Er reichte jetzt im Norden enger an das Camp heran, aber im Süden umfasste er das Gebiet bis zur ehemaligen Gärtnerei. Badri half mit einer der mittlerweile drei Drohnen, den Stacheldraht schmerzfrei zu verlegen und auch der zweiundzwanzigjährige Wally, der seit drei Jahren das Geländemotorrad der Gruppe fuhr, half mit.

Natürlich stellten sie auch noch Ziegel her und legten diese in die heiße Sonne zum Trocknen.

Tula war mit ihren sechszehn Hundejahren nicht mehr die Fitteste. Freute sich trotzdem immer, wenn Torin, Stella, Lundi oder Coira vorbeikamen, um ihr das Fell zu kraulen oder sie auch nur ein wenig zu streichelten.

Billy hielt im Sommer einmal im Monat einen Feldgottesdienst ab. Danach gab es Tee und Fladenbrot, das sie mittlerweile in einem speziell gemauerten Fladenbrot-Ofen produzierten.

Bei einem Fladenbrot- Ofen werden die Teiglinge in einem erhitzten Tubus an dessen heiße Innenseite geklatscht und so dann fertig gebacken. Raschenka sah es mit Wohlwollen. Viele, die zum Gottesdienst kamen, nahmen auch etwas aus dem Angebot der „Neuen Heimat" mit. Oft frisches Obst oder auch Pesto. Sie hatten sich eingerichtet. Es war kein leichter Weg gewesen bis hierher.

Mittlerweile boten viele Leute aus den „Nachbargemeinden", also aus den Camps und Hausungen der Umgebung ihre Arbeitskraft gegen Nahrungsmittel an. Natürlich wurde auch geklaut. Raschenka bestrafte hart, wenn ein Dieb erwischt wurde: das ging bei Tages-Eingrabungen bis zum Kopf in den Lehmboden über einzelne Finger abhacken oder in die Sonne hängen. Bei besonders schweren Vorkommnissen hätte sie bestimmt auch nicht gezögert, jemand erschießen zu lassen.

Gott sei Dank war es soweit noch nicht gekommen. Irgendwann kam auch Magnus von Zeillos, der vor zehn Jahren noch im Camp „der Anderen" vorgestanden war, im Camp vorbei. Er erkundigte sich nach Jan-Peter Runge, den Makas und begrüßte mit großem Hallo Sharronda, die er fast nicht wiedererkannt hätte und ihre Oma Clara. Er wollte weiter zum früheren Lager. „Da muss ich dich enttäuschen, Jan-Peter hat alle verraten und die Makas töteten wahrscheinlich alle verbliebenen Insassen. Aber so genau weiß das niemand. Auch

Wanda und Andreas Pollit nicht! Beide leben mittlerweile auch hier im Camp." „Okay ich werde trotzdem dahin aufbrechen, ich will eh in den Norden." „Wir werden dich nicht halten!" sagte Raschenka: „Bon Voyage!"

Beim wöchentlichen Rapport warnte Raschenka vor Überproduktion in allen Bereichen. Es würden zu viel Sachen auf Halde liegen, sodass im Moment Ware gegen Arbeitskraft nicht ginge. Was sie eintauschen könnten wäre Milch, Butter, Käse, von denen es aber so gut wie nichts auf dem Markt gab. Fett, Öl und Seife würde auch noch gehen. Morgen wolle sie mit Badri, Torin, Billy und Cloe mit dem großen Copter in Richtung Trümmerwüste- Altstadt fliegen. Vielleicht würden sie ja ein paar passende Steine finden, die sie zum Bauen brauchen könnten.

Es war ein trostloses Bild, das sich ihnen wie schon früher so oft bot. Mit neuem Blickwinkel auf das Vorhandene lohnte es sich aber schon, noch einmal über die Trümmer zu schweben. Mit geringster Geschwindigkeit glitten sie über das Geröll. Keiner wusste so genau, nach was sie Ausschau halten sollten. Nach zwei Stunden umherirren, rief Raschenka plötzlich: „Stopp!" Badri ging hinunter und nach einiger Zeit, in der sie Trümmer auf die Seite räumten, kam heraus, was sie gesucht hatte: Der wenig beschädigte, in Buntsandstein gemeißelte Kitzinger Häcker. „Er wird im Camp einen Ehrenplatz am Eingangstor erhalten!" Nach einigen

Mühen hatten sie ihn freigelegt und an die Drohne angehängt.

„Können wir nach dem Ausladen noch einmal hierher fliegen. Ich habe etwas entdeckt!" sagte Cloe und rollte die Augen nach oben.

Es war ein Wollgeschäft und sie brauchte über zwei Stunden mit Eowyn zusammen, bis sie durch das zerbrochene Schaufensterglas in den komplett versandeten Laden gelangten. Cloe gab aber nicht auf. Sie schaufelte eine Türe frei. Beim Eintritt in den Raum fiel ihr die Kinnlade runter und ihre Augen fingen zu leuchten an. Es gab Wolle und Strickzubehör in unwahrscheinlicher Vielfalt zu bestaunen. Es dauerte zwei Tage bis alles ausgeräumt war. Einiges war nicht mehr zu gebrauchen. Aber durch die fast luftdicht verschlossene Aufbewahrung war vieles vollkommen in Ordnung. Sie freute sich schon auf den nächsten Winter mit vielen Strickabenden.

Diese Ablenkung mit der Wolle konnte aber nicht darüber hinwegtäuschen, dass die Menschen im Camp ein Problem hatten und nicht nur die Menschen im Camp. Es gab einfach zu wenig zu essen. Auch in der „Neuen Heimat" knurrten die Mägen. Die Vorräte, die Raschenka eingelagert hatte, waren so gut wie aufgebraucht. Keine Epas und Ananas in Dosen mehr. Die Ernten auf ihren Äckern und Gärten reichte gerade so, um über die Runden zu kommen.

Raschenka erwartete einen Marsch der Hungernden. Sie sollte nicht Unrecht haben.

Es ist Oktober, als sich eine große Menschenmenge von mehreren hundert Hungernden in Sichtweite des Camps aufstellt. Ein Parlamentär kommt mit weißer Flagge bis vor ihr Tor und schlägt sofort einen scharfen Ton an. Er droht die „Neue Heimat" plattzumachen, wenn die Bewohner des Camps nicht ihre gebunkerten Lebensmittel dem hungerten Volk aushändigen. „Was für eine impertinente Person!", schimpft Raschenka zornig. „Billy und Torin, stellt den Raketenwerfer auf und so wie er steht, wird gefeuert!" An alle gewandt, hält sie eine kurze Rede: „Ich danke allen, die in den letzten Jahren mit mir hier im Camp verbracht die Zeit haben! Danke für die tollen Erfahrungen und Erlebnisse. Diese Momente sind die Stunden, Minuten, Sekunden, die unser Leben geprägt und geformt haben. Ich hoffe, wir überleben das jetzt alle zusammen. Kämpft für unsere Freiheit, für unser Leben, für unsere Kinder!"

Alle sind bis auf Messers Schneide angespannt und bereit, für das Camp zu sterben. Dann fliegt die erste Rakete. Volltreffer. Dann die Zweite und Dritte.

Valentyn und Eowyn haben das große Maschinengewehr aufgestellt und feuern, was das Zeug hält. „Gut, dass wir noch einmal Munition geholt hatten!" Eierhandgranaten fliegen. „Weiß der Henker, wie viele das sind." In einer Feuerpause versucht Raschenka die Lage zu peilen. Es scheint, als würde die gesamte überlebende Menschheit zum Angriff auf ihr Camp marschieren. Die nächste Angriffswelle rollt heran. Diesmal ausschließlich Cyborgs in KI-Mobilen. Sie kommen mit dem Abschießen kaum nach. Raschenka zählt ihre Scharfschützenmunition. Acht Schuss hat sie noch. Sie blickt durch den Feldstecher. Vielleicht kann sie ja den Anführer ausmachen.

Auf der Welle der Cyborgs folgt eine Welle von Kämpfern, die mit brennenden Pfeilen Unheil im Camp anrichten wollen. Keine Chance. Die Bewohner, durch viele Kämpfe gestählt, wissen, auf was es ankommt und sie zielen genau.

Dann nimmt Raschenka eine Frau ins Visier, die offensichtlich die Anführerin ist. Ihr zur Seite steht ein alter Bekannter: der völlig abgemagerte, ausgestoßene Jan-Peter Runge. Beide fallen in den nächsten 60 Sekunden und der Spuk ist vorbei. Ohne Führer ziehen sich die Angreifer zurück. Eowyn musste beim Anblick des Scenarios an ein Bild eines österreichischen Künstlers denken. Das Gemälde „Nach der Schlacht" hing in einem Wiener Museum.

In den folgenden Tagen wurden die Leichen durchsucht und verbrannt. Es wurde nicht viel bei ihnen gefunden. Ein paar Messer, eine Schleuder und ein paar Wurfspeere. Billy schlachtete die beiden Fahrzeuge aus, die sie erbeuteten.

In ihrer heroischen Siegesrede lobte Raschenka die Nachwuchskämpfer des Camps. Besonders Andreas,

Agata, Coira, Belfin und Wally. Aber auch die Jüngsten wie Sharonda, Neon und auch die kleine Lundi.

Das Leben ging weiter. Torin holte am nächsten Tag am Morgen eine Dose Dinkelkörner, was ungefähr fünf Kilogramm entsprachen, dazu fünf Kilogramm Amaranth. Er ließ alles durch die Getreidemühle. Dann leerte er alles in die Knetmaschine, dazu sechs Liter Wasser und ungefähr einen Liter Sauerteig. Nach kräftigem Durchkneten ließ er den wolligen Teig eine Stunde stehen. Dann kippte er ihn auf den großen Tisch und fast alle halfen mit, kleine Fladen zu formen, die dann in der Sonne getrocknet wurden. Dazu verwendete Osana den großen Spiegel und leitete das Sonnenlicht gezielt auf die Fladen, die nach fünf Minuten Sonnenbruzzeln fertig waren. Die Fladen waren wieder einmal eine willkommene Abwechslung zu den Sauerteigbroten aus ihrem Backofen.

Im Moment drehte sich alles um das Essen und die Nahrung. Pfirsiche und Zitronen konnten sie ernten. Beeren in allen Variationen. Honig lieferten die Bienen. Es gab Melonen und Kürbisse in Hülle und Fülle. Trotzdem war die Nahrung immer zu knapp für die dreiundzwanzig Bewohner. An Übergewicht leitete keiner.

Anton wurde geboren. Mit Agata und Andreas freute sich das gesamte Camp.

Zur Feier des Tages versuchte sich Cloe im Backen von frischen Baguettes. Es gelang ihr gut und sie staunte am meisten. „Mon dieu, was für Geräte!" mampfte Cloe mit vollem Mund heraus.

Der Winter nahte und er kam dieses Jahr ziemlich früh. Bereits Ende Oktober fing es zu regnen an. Zu allem Überfluss wurde es auch ganz schön frisch. Kälter als in all den anderen Jahren zuvor. Waren es sonst höchstens 16° C, so fiel das Thermometer im Dezember dieses Jahr auf Ungemütliche 5° C. Sie wussten gar nicht, wie sie den Bunker warmhalten konnten. Waschen wurde zum Luxus, alle Decken waren im Gebrauch und die Kleiderkammer war so gut wie leer. Dann kam Anfang Januar auch noch Schneefall auf, der überhaupt nicht enden wollte. Alles verfiel in eine Winterstarre, selbst die Hühner legten keine Eier mehr. Weihnachten und Silvester fiel dieses Mal eher mager aus. Für den Nachwuchs war es natürlich eine willkommene Abwechslung: sie bauten Schneemänner und bewarfen sich mit Schneebällen.

Es dauerte noch bis Mitte März, bis es wieder wärmer wurde. Besonders Wanda litt unter der Kälte. Sie lag mehrere Wochen mit einer Lungenentzündung im Bett. Badri kümmerte sich rührend um sie.

Billy versuchte verschiedene Notfunkstationen anzufunken. Bekam aber keine Antwort.

Beim ersten warmen Tag Ende März setzten sich alle Bewohner in den Hof und genossen die warme Sonne, die dann in den nächsten Tagen immer wärmer wurde.

Elben, Zwerge und kleine Hobbits hatten das Camp um-
stellt. Ihr Anführer rief hinauf zu Raschenka, dass die
Menschheit ihre Chance gehabt hätte. Die unsichtbaren
Völker haben sich die Zerstörung der Mittelerde nicht
mehr mit anschauen können. Wir werden die Gattung
Mensch ausrotten! Raschenka wollte schießen, sie war
aber wie gelähmt, ihre Gewehre gingen nicht los und
alle schauten gebannt auf ihre Anführerin. Schweißgebadet wachte sie auf: was für ein scheiß Traum! Ver-
wirrt holte sie sich einen Schluck Wasser. Realität und
Fiktion vermischten sich in ihrer Traumzeit. Sie hielt
sich die Ohren zu und flüchtete auf den Aussichtspunkt.
Nach einer Zigarette ging es wieder.

Durch Zufall lauschte sie einem Gespräch zwischen
Badri und Wanda: „Wir setzen uns morgen in den Copter und fliegen los. Wir nehmen den Großen und kommen locker bis in mein Heimatland Georgien. Verpfle-
gung und Wasser habe ich genug in der Umgebung gebunkert. Niemand wird etwas mitkriegen. Wir sind
dann einfach fort!" Wanda flüsterte zurück: "Eigentlich
will ich hier nicht weg, wer weiß, was uns da unten erwartet, ich kann die Sprache nicht, mein Sohn ist hier
und jetzt auch der kleine Anton. Was ist mit deinen Kindern, willst du sie nicht weiter aufwachsen sehen. Die
Welt ist aus den Fugen geraten und ich finde, hier bei
Raschenka kann man es einigermaßen aushalten. Ich
komme nicht mit!" „Schade!"

Am nächsten Morgen beim Frühstück ging Raschenka auf Badri zu und fragte ihn direkt, wann er losfliegen möchte und das Camp verlassen wird? Badri schaute sie fragend an und zuckte mit den Schultern. „Hi Papi", seine beiden 12-jährigen Kinder kamen angestürmt: „Schau mal, heute gibt es Kakao zum Frühstück!"

Wanda kam, setzte sich zu Badri und streichelte ihm über den Hinterkopf, beide lächelten zu Raschenka hinüber.

Zum Frühstück gab es heute das drei Monate alte Fladenbrot, dazu frische Erdbeeren aus dem Treibhaus und Tee, wie jeden Tag, nur heute hatte Raschenka die letzte Dose Kakao geopfert.

Die Minze für den Pfefferminztee bauten sie mittlerweile selber an, an bestimmten Stellen in der Gegend wuchs auch wieder Kamille und auch aus getrockneten Brombeerblättern kochten sie Tee.

Die Vorräte aus der Zeit vor dem Knall waren so gut wie aufgebraucht, auch Kaffee war keiner mehr vorhanden.

Mittlerweile hatten sie mehr als 80 Hühner, die aber auch gefüttert werden mussten. Sie bekamen die Küchenabfälle. Ein Teil der Hühner hatten sie in einer Art Freilauf untergebracht, wo die Tiere scharren konnten und so Regenwürmer und andere wirbellose Tiere aus dem Boden pickten. Alle halben Jahre wurden die Hühner getauscht, was immer eine große Aktion war. Für die Tiere im Camp mussten die Kinder etwa acht Kilogramm Trockenfutter sammeln, das aus Samen, Blüten, Knospen, Gras und auch Wurzeln bestand, eben alles, was sie so finden konnten. Hühner essen fast alles.

„Komm Badri, wir machen einen Rundflug." Belfin, Coira, Oma Clara und Sharonda wollten auch mitfliegen. „Jeder zieht eine schusssichere Weste an und nimmt ein Sturmgewehr mit. Coira, du kannst natürlich deine Schrotpistole mitnehmen. In einer halben Stunde ist Abflug!"

„Bringt was Schönes mit", riefen Neon und Lundi dem Kommando hinten nach, als sie mit ihren schon etwas zerlumpten Klamotten, durchs Camp marschierten.

Raschenka genoss den Ausblick über die Landschaft, auch wenn diese öde, leer und kaputt war. Im Gedanken kam die Feministin bei ihr wieder durch. Lange hatte sie keine Gedanken in die Richtung gehegt, das Überleben war ihr wichtiger. Sie gab den Männern die Schuld am Untergang der Welt. Diese blöden Machoarschlöcher haben es tatsächlich geschafft. Wenn es keine Männer gegeben hätte, dann würden wir Frauen mollig und zufrieden jetzt an irgendeinem Strand liegen und einen kühlen Drink nehmen. Scheiße.

Sie waren jetzt schon weit über 150 Kilometer geflogen, so weit wie noch nie, jedenfalls für Raschenka und die anderen Fahrgäste war es die weiteste Tour. Badri flog ja schon bis Georgien und zurück. Sie waren jetzt in den Luftraum von Baden-Württemberg eingedrungen.

„Da unten seht ihr, da links vor uns. Kühe, ich glaubs ja nicht!" schrie Badri voller Begeisterung. Sie gingen runter. Menschen mit Mistgabeln in den Händen kamen angerannt. Nehmt die Sturmgewehre, aber schießt nur auf mein Kommando, wenn wir überhaupt schießen müssen. Dann waren die Menschen auch schon da, so wie sie aussahen, waren es Bauern und noch was fiel Raschenka auf.

Es war das grüne Feld, auf dem die Longhorns standen.

„Wie habt ihr das geschafft?" „Was geschafft?" Der augenscheinliche Boss der Bauern runzelte die Stirn. „Du meinst das Gras, stimmts?" „Ja!" „Lange Geschichte, aber was wollt ihr hier bei uns?" „Wir haben einen Rundflug gemacht und dann eure prächtigen Rinder gesehen." Das sind Watussirinder, sie können die Hitze gut vertragen. Wir schlachten sie nicht. Sie werden von uns gemolken und ab zu zur Ader gelassen. Das Blut trinken wir dann gemischt mit der Milch in guter alter Tutzi-Tradition."

„Macht ihr auch Butter und könnt ihr uns was abgeben, wie haben Brot dabei zum Tauschen!" Raschenka schnitt mit ihrer großen Machete einen Brotlaib in Scheiben auf und der Boss der Bauern bestrich diese mit wohlriechender Butter. Coira, und Belfin hatten noch nie in ihrem Leben ein Butterbrot gegessen. Oma

Clara schmachtete dahin und stammelte sowas wie, dass ich sowas noch erleben darf. Wanda und Badri, die beiden Turteltauben, bissen gegenseitig von ihren Broten ab.

„Wieviel Brote habt ihr dabei?" „Neun Vierpfünder sind es jetzt noch!" „Wir geben euch drei Pfund Butter dafür. Problem ist nur das sie euch wegschmelzen wird bei der Hitze!" „Habt ihr noch etwas anders anzubieten?" „Ja, Kochkäse, den könntet ihr auch gut transportieren. Ich würde euch fünf Pfund für das Brot geben. Deal?", „Du rechnest noch in Pfund?" „Ja, wir nennen uns Hohenloher-Buntschuh-Häuflein und versuchen alte Traditionen zu erhalten!"

„Perfekt, den Deal machen wir und das Geheimnis des Grases sagst du mir auch noch!"

Nach zwei Stunden machten sich die Gruppe wieder auf, um zurück zu fliegen. Der RaaTSCeck II flog gut und nach knapp zwei Stunden waren sie wieder in der „Neuen Heimat". „Das ich das noch mal erleben durfte!" Clara küsste Raschenka die Hände, was der nicht besonders gefiel. Nach dem Ausladen des Käses läutete Raschenka die Versammlungsglocke, wartete eine halbe Stunde bis alle gekommen waren und erzählte dann von dem Erlebnis, das sie mit den Watussi-Rinderzüchtern gemacht hatten. Sie erklärte, was es mit dem Kochkäse auf sich hat und dass sie Grassamen bekommen hätte. Zu Agata gewandt, sagte Raschenka „Hier ist ein Liter Milch für euren kleinen Anton!" „Ich war sieben, als ich das letzte Mal Milch getrunken habe. Vielen Dank!"

Der Kochkäse kam gut an bei den Bewohnern, nur Eowyn schmeckte er nicht, er mag keinen Kümmel.

Am nächsten Tag begannen Torin, Cloe und Billy an einer etwas geschützten Stelle, gleich hinter dem sprießenden Birkenwäldchen das Gras anzusäen. Die Geschichte von den Rindern hat viele im Camp aufgerüttelt und die Hoffnung auf Butter, Quark, Milch und Käse gab ihrem Überlebenswillen einen neuen Schub. Alle im Camp waren bereit durch ihre Arbeitskraft das Leben in der Gemeinschaft erträglich zu gestalten. Brot backen, Gemüseanbau, Kleidung waschen, Bunker reinigen, Feldarbeit, Produktverarbeitung, Waffenpflege, Unterricht, Drohnen warten, Fahrzeuge in Schuss halten, neue Möbel bauen, Pullover stricken und vieles andere mehr war zu erledigen.

Leise und vorsichtig schlägt Raschenka die Bettdecke am nächsten Morgen auf die Seite, um Valentyn nicht zu wecken. Sie setzt sich auf die Seite des Doppelfeldbettes. Ihr Blick wandert nach unten. Neben ihren nackten Füssen entdeckt sie ihren Slip und den BH. Ja, das hatte sie wieder einmal gebraucht. Es war erst fünf Uhr am Morgen. Sie zieht sich ihren Morgenmantel an und geht nach oben zum Aussichtspunkt, steckt sich eine Zigarette an und genießt die noch verhältnismäßig kühle Morgenluft. Gestern war es wieder knallheiß gewesen.

Ein E-Car fährt vor. Genauso eins, wie sie es auch schon einmal hatten. Ein kleiner Chinese steigt aus dem Wagen mit der dünnen Solarmodul-Karosserie und schaut zu Raschenka hinauf.

„Bin ich hier richtig bei der „Neuen Heimat?" „Wer will das wissen?" Mein Name ist Fu Ping Xue, ich bin über die Seidenstraße hierher zu euch gefahren. Man spricht über euch und euer Camp, auch in China!" „Wirklich?" Der Chinese schaut bittend zu Raschenka hinauf. „Ich bin Mineraloge und habe in Kirgisistan geforscht, gearbeitet und in einem Stollen überlebt. Aus alten Aufzeichnungen der Jahrtausendwende habe ich gesehen, dass auf eurem Grund oder in der Nähe die seltene Erde Putauzium vorkommen muss. Drum bitte ich euch, dass ich bei euch wohnen kann, wenn das geht. Ich würde das ganz gerne untersuchen und bei euch auch mithelfen. Wir Chinesen sind fleißige Leute!" „Das kann ich nicht alleine entscheiden, da müssen wir die Steine sprechen lassen!" „Was müssen sie sprechen lassen?" „Komm erst mal rein, wir trinken erst einmal einen Tee."

„Kann das Putauzium sein?" Raschenka holte den nach hinten verrutschtem glänzendem Stein vom Regal, das neben Badris Ikone hing. Billy hatte das Mineral vor siebzehn Jahren beim Vergraben seiner damaligen Peiniger gefunden. Sie wussten nicht, dass es sich um eine seltene Erde handelte.

Fu Ping Xue untersucht den Stein, macht ein paar Proben in seinem Minilabor und kann seine Begeisterung nicht verstecken.

Mittlerweile füllt sich der Frühstücksraum, Raschenka stellt den Bewohnern Fu Ping Xue und dessen Anliegen vor. „Wir lassen später die Steine sprechen!" Fu Ping Xue schaut verdutzt.

Also weiß ist dafür, dass Fu Ping Xue hier noch ein wenig die Erde umgraben darf. Schwarz dagegen. Coira gibt zu bedenken, dass die angelegten Felder und Gärten für Grabungen tabu sein müssen.
Knappe Entscheidung: acht Mitbewohner waren dagegen. Fu Ping Xue schluckt. Raschenka fragt, was er mit den Erden anfangen wolle und wie er sich das vorstelle, wie er die Erden begleichen will. Es gab ja keine Geldwährung mehr.

„Also für den Klumpen hier gebe ich euch das Auto, mit dem ich gekommen bin. Die Erden werden in China gebraucht, genauer gesagt in Kirgisien für ein neues, einfaches Telefonsystem." „Wir werden es uns überlegen!", sagte Torin. Irgendwie kam den Bewohnern Fu Ping Xue autoritär und herablassend vor.

Raschenka mahnte an, dass morgen der Halbjahres-Fitnesstest anstand. Dazu mussten die Bewohner acht Kilometer laufen und dann verschiedene Schießübungen absolvieren. Oma Clara und der kleine Anton waren natürlich sportbefreit. Auch Fu Ping Xue musste daran teilnehmen, was ihn nicht besonders gefiel.

Als sie am Abend so zusammensaßen und ihren Tee schlürften, fragte Torin in die Runde, wer denn eigentlich noch schwimmen könne? Billy und Osana hoben die Hand, dazu Raschenka, Eowyn und Chloé Meyer ebenfalls, Maria und Ami, Oma Clara, Torin, Badri und auch Wanda. Vom Nachwuchs war klar, dass niemand schwimmen konnte, auch nicht Agata, Coira, Wally, Sharonda und Belfin.

„Also ich würde vorschlagen, wenn Fu Ping Xue gräbt, kann er ja ein großes Loch ausheben, in dem ein Schwimmbecken Platz findet. Wir können es ja dann mit unseren selbstgebrannten Ziegeln auslegen oder mit etwas anderem, vielleicht finden wir ja was mit der Drohne."

Badri pflichtete Torin bei: „Gute Idee. Ich fliege morgen früh nach dem Fitnesstest gleich los." Fu Ping Xue fragte: „Ist das jetzt sicher, dass ich graben darf, dann fange ich morgen auch gleich an." „Eins noch, mein Freund. Du bewahrst absolutes Stillschweigen über die seltenen Erden und auch ihr alle verliert keinen Ton darüber." Raschenka schaute in die Runde und alle nickten.

Der Test verlief zufriedenstellend, vor allem die Schießleistungen waren okay. Die Begeisterung darüber überließ Raschenka den übrigen Mitbewohnern des Camps. Maria und Ami erlebten ein downgrading und werden in einem Monat nochmal geprüft.

Die Idee mit dem Schwimmbad setzte neue Kräfte frei. Auf einmal waren alle im Camp wieder besser drauf. Dazu kam, dass viele von ihnen darauf vertrauten, dass sie mit dem angepflanzten Gras Glück haben werden und bald wenigstens ein Watussirind in Hohenlohe, bei den Buntschuh Leuten, abholen könnten.

„Eine konkrete Frage hätte ich aber dennoch, lieber Fu Ping Xue." „Frag ruhig!" „Dein Auto ist ja ein solarbetriebenes Teil. Wie bist du über das ganze Geröll gefahren. Kann das Teil fliegen?" „Exakt, es hat speziell konstruierte Luftkissen an den Seiten. Wir wären damit 2046 an den Markt gegangen. Aber dann kam die Katastrophe dazwischen und ich musste den Prototyp in einen Stollen fahren. Aber er funktioniert und ich bin zufrieden, dass er so gut fährt. ……und er gehört ja bereits euch!"

Raschenka, Valentyn, Wally und der Chinese fuhren dann mit seinem Gefährt Richtung Hohenlohe zu den Rinderzüchtern. Raschenka und Valentyn vergnügten sich dabei wie Teenager auf den Rücksitzen des neuen „Delorean". Wally schämte sich fremd. Fu Ping Xue sagte dann zu ihm: „Wenn du den Hahn auch einsperrst, die Sonne geht doch auf. Alte chinesische Weisheit!" Wally war mittlerweile auch schon vierundzwanzig und mit der vier Jahre jüngeren Sharronda enger zusammen.

Die Bauern begrüßten sie mit großem Hallo. Raschenka kam gleich auf den Punkt. „Was verlangt ihr für ein

Rind?" „Was kannst du anbieten?" „Was könnt ihr gebrauchen? Vielleicht ein Sturmgewehr mit fünfzig Schuss Munition, oder Getreide, Backsteine, Kupferdraht?" Der augenscheinliche Anführer sagte dann, dass sie zwei Kühe, eins davon trächtig bekommen würden. Er wolle dafür das Gewehr, war ja klar, die Munition, dreihundert Meter Kupferdraht und vierhundert Backsteine."

„Puh, das ist aber sehr viel. Ich würde sagen, dafür bekommen wir heute noch zehn Liter Milch, zwei Kilo Butter und etwas Quark und wenn ihr habt etwas Buttermilch." Der Anführer sagte sein Lieblingswort: „Deal!" und der Chinese sagte: „Nach zwei Monden kommen wir vorbei."

Wally bewunderte Raschenka, wie sie das wieder hinbekommen hatte. „Klasse, wie du da wieder verhandelt hast." „Danke, deswegen habe ich dich doch mitgenommen, dass du mal siehst, wie sowas läuft. Apropos läuft, wie läufts mit Sharronda? Braucht ihr ein eigenes Zimmer oder Häuschen?" Wally strahlte und meinte, dass dies top wäre: „Dann sind wir wieder Backontrack!"

Zum Mittagessen gab es Butterbrote und Buttermilch. Als Nachspeise: Quark mit Erdbeeren. Dem kleinen Anton schmeckte die mitgebrachte Milch. Wenn sie auch nicht so nahrhaft war wie die Milch seiner Mutter.

Die Bewohner des Camps mussten im Spätjahr ihre letzte große Schlacht gegen eine kleine Armee, zusammengesetzt aus hasserfüllten, gierigen Menschen, Cyborgs und Satyrn schlagen.

Sie waren im Morgengrauen aufmarschiert. Sharronda und Wally hatten in der Nacht im Posten gevögelt und waren eingeschlafen. Fast zu spät hörten sie das Säbelgerassel. Raschenka war als erstes oben auf dem Gipfel ihres Camps. Sie sah Bestürzendes und schrie: „Raketenwerfer sofort in Stellung bringen!"
Torin, Billy und Valaentyn zogen ihre Kanonen in Position. Raschenka wusste, dass es jetzt auf jede Sekunde ankam. Im Scharfschützengewehr waren noch drei Schuss. Sollte eigentlich reichen.

Jeder im Camp hielt mittlerweile ein Sturmgewehr in den Händen. Bis auf Anton waren alle in Stellung gegangen.
Raschenka schaute durch das Zielfernrohr und sah, wie das Geschütz der Angreifer in Stellung gebracht wurde. Sie legte an. Der erste Schuss verfehlte sein Ziel, Raschenka legte erneut an, drehte ein bisschen am Raster, schnaufte tief durch und drückte ab. Treffer und auch der dritte Schuss saß. Die beiden Kanoniere fielen links und rechts auf den vertrockneten, rissigen Lehmboden. „Verdammt, schießt endlich!", hörte sie sich schreien. Im selben Moment knallte es gewaltig. Dampf und Rauch stieg auf. Raschenka dachte erst, dass es bei ihnen im Camp eingeschlagen hätte. Als sich der Nebel des Geschosses legte, sah sie den Volltreffer, den ihre

Männer gelandet hatten. Badri und Fu Ping Xue konnten im Kampfgetümmel die kleine Drohne starten und schmissen nun von oben Dutzende von Handgranaten auf die Angreifer. Billy, Valentyn, Torin, Eowyn, Wally, Belfin, Neon, Andreas und auch der junge Karl-Georg griffen nun ihrerseits aus dem Camp heraus an. Für die Angreifer bedeutete das eine verheerende Niederlage. Am Ende zählten sie über 80 Tote. Erstaunlicherweise waren die Soldaten dieser „Armee" gut ausgerüstet, was Kleider und Bewaffnung anging. Natürlich wurde alles Brauchbare erst einmal deponiert.

Zornig suchte Raschenka nach den Gründen für das späte Bemerken des Angriffs.

„Es hätte das Ende für uns alle sein können! Wally und Sharronda, ihr hattet Wache und seid eingepennt. Sowas darf nie mehr vorkommen! Ich weiß nicht ob wir euch bestrafen sollen!" Die beiden senkten die Köpfe und erklärten kleinlaut, dass sie jede Strafe akzeptieren werden.

Raschenka sprach besänftigend weiter: „Okay, dann ordne ich an, dass ihr sämtliche eingesetzte Waffen putzt und sortiert auch die der Angreifer. Billy wird es euch zeigen. Aber vorher sprechen die Steine."

Es war ein einstimmiges Urteil und der Gestus der beiden verriet, dass sie erleichtert waren. Humorvoll sagte Coira dann, dass sie aufpassen sollten, damit sie sich nicht ins Knie schießen. Alle lachten. Es war alles geregelt und gesagt.

Die Leichen der Angreifer zogen sie alle, zur Abschreckung, in das vertrocknete Bett des Maines. Der Gestank machte ihnen wenig aus, hatte sich doch die Wetterlage so gedreht, dass die Regenzeit begann und der Ostwind für klare Luft sorgte. Raschenka musste an ein Kinderlied aus ihrer Jugend denken: „Hoppe, hoppe Reiter, wenn er fällt, dann schreit er. Fällt er in den Graben, fressen ihn die Raben. Fällt er in die Hecken, fressen ihn die Schnecken…" Denn eines ist sicher: die Raben werden mit Sicherheit kommen.

Ihr Sieg ging wie ein Lauffeuer durch die Camps der Regionen und niemand kam mehr auf die Idee, die „Neue Heimat" anzugreifen.

Im Frühjahr 2066 flogen zwei Drohnen vollgepackt mit Ziegelsteinen, einem blankgeputzten Sturmgewehr und anderen Dingen nach Baden-Württemberg, um dort zwei Watussirinder an den Haken zu nehmen und mit ihnen zurück zu fliegen. Der Tausch war perfekt.

Und hier endet die Geschichte der „Neuen Heimat". Die Bewohner haben es geschafft als Selbstversorger zu überleben. Sie füttern Hühner und Rinder, bauen alles Mögliche auf ihren Feldern und in ihren Gärten an. Haben es geschafft, eigenes Brot zu backen. Mit ihren Solar-Drohnen erkunden sie das Land und halten Ausschau nach Neuem. Ein kleiner Teil der Menschheit hat den Gau überlebt. Ob der Preis zu hoch war, wird sich zeigen. Die im Camp Geborenen vermissen nichts von früher. Die Vergangenheit schlummert in einem Papp-karton mit alten BlueRays, die niemand mehr anschaut. Die spannende Ausgangslage hat sich normalisiert. Es war ein harter Kampf. Invinito, der Mensch wird sich nicht ändern. Mit Billys Bariton an Weihnachten in „There is a house in New Orleans. They call the Rising Sun. And it's been the ruin of many a poor boy. And God, I know I'm one. My mother was a tailor. She se-wed my new blue Jeans. My father was a gamblin' man. Down in New Orleans... Endet der Roman.

Learn to run, when feeling the pain, then push harder.

Epilog

Raschenka ist stolz auf das Geschaffene. Viele Tote pflasterten ihren Lebensweg. Aber sie konnte in der größten Tragödie der Menschheit einige Menschen glücklich machen.

Torin nimmt das Erbe von Raschenka an und versucht mit seiner Frau **Stella** und seiner Tochter **Lundi** den Komfort im Camp weiter voran zu bringen.

Billy und **Osana** glauben weiter fest an Gott, auch als **Osana** schwer erkrankt.

Eowyn baut weiter sein Dope an und ist meistens glücklich und zufrieden.

Chloé Meyer versucht bisher vergeblich, Badri zu überreden, mit ihr in das Elsass zu fliegen. Mit ihren selbstgebackenen Baguettes hat sie großen Erfolg.

Valentyn ist bei **Raschenka** in guten Händen und umgekehrt.

Agata und **Andreas** freuen sich mit **Anton**, dem jüngsten Spross des Camps, über ihre gemeinsame Zukunft im Bunker.

Badri hat sich mit **Wanda** verlobt und freut sich mit ihr auf das erste gemeinsame Kind.

Ami und **Maria** sind ebenfalls happy, ihre Kinder **Carl Georg** und **Lilly** haben sich ineinander verliebt.

Coira und **Belfin** genießen noch ihre Jugend

Oma **Clara** genießt ihre letzten Jahre und ist froh, dass sie sich bis hierher ins Camp gekämpft hatte.

Die Erde selber wird sich in absehbarer Zeit nicht erholen können. Anton, der Jüngste im Camp wird im Jahr 2124 Außerirdische beobachten können, wie sie mit überdimensionalen Raupen die Erde erkunden.

Die „Neue Heimat" wird zu einer blühenden Oase in die Geschichte der Menschheit eingehen mit autarker Versorgung und mittlerweile über fünfzig Bewohner.

Fu Ping Xue findet tatsächlich noch mehrere Brocken Putauzium. Er kehrt zurück nach Kirgistan und wird dort ein angesehener Mann. Seine Zeit in der „Neuen Heimat" wird er nie vergessen.

Sharronda und **Wally** ziehen in ein kleines selbstgebautes Häuschen im Camp und sorgen mit drei Kindern für den nötigen Nachwuchs.